- 이 책의 저작권은 미니책방이 소유하고 있습니다. 저작권법에 의하여 보호 받는 저작물이므로 무단전재와 무단복제를 금합니다. 책 내용의 전부 또는 일부를 이용하려면 미니책방의 서면 동의를 받아야 합니다.
- 잘못된 책은 구입하신 서점에서 바꿔드립니다.

계용묵 단편문학

1318 청소년 문고 3 1

미니책방

인간이 가지는 선량함과 순수성

짧은 것일수록 기교를 중시하고 예술적인 정교한 맛이 풍부 단편만을 썼으나, 대체로 그의 작품은 인간이 가지는 선량함과 순수성을 옹호하면서 인간 존재와 삶의 의미를 추구하였다. 그러나 현실과의 적극적인 대결을 꾀하지는 않았다. 갈등이 분명하게 드러나지 않고 담담한 세태묘사에 머물렀다는 평가를 받았다.

<계용묵 단편문학>은 1318 청소년문고 31번째 작품입니다.

차례

물매미, 9
바람은 그냥 불고, 16
백치(白痴) 아다다, 39
별을 헨다, 59
설수집(屑穗集), 75
율정기(栗亭記), 114
이불, 120
최서방(崔書房), 126

물매미

　물매미 놀림은 역시 아침결보다 저녁결이 제 시절이다. 학교로 갈 때보다는 올 때가 아무래도 마음이 놓이는 모양이다. 아침에는 기웃거리기만 하다가 내빼던 놈들이, 돌아올 때면 그적에야 아주 제 세상인 듯이 발들을 꽉 붙이고 돌라 붙는다. 오늘도 돈 천 원이나 사 놓게 된 것은 역시 오후 네시가 지나서부터다.
　지금도 어울려오던 한 패가 새로이 쭈욱 몰려들자, 물매미를 물에 띄운 양철 자배기 가장자리로 돌아가며 칸을 무수히 두고, 칸마다 번호를 써넣은 그 번호와 꼭같은 번호를 역시 1에서 20까지 쭉 일렬로 건너쓴 종이 위에 아무렇게나 놓았던 미루꾸 갑을 집어들고, "자, 과잔 과자대루 사서 먹구두, 잘만 대서 나오면 미루꾸나, 호각이나, 건, 소청대루 그저 가져가게 된다. 자, 누구든지." 하고 노인은 미루꾸 갑을 도로 놓고 소리를 들이 물매미를 건져서 자배기 한복판에 굵다란 철사로 둥글하게 휘여, 공중 달아 놓은 그 동그라미 속으로 몰아넣었다. 그 동그라미를 통하여 물 위에 떨어진 물매미는 물속을 버지럭버지럭 헤어 돌더니, 4자 번호 칸으로 들어간다.
　"자, 보았지? 4자에다 미루꾸를 대고 이렇게 되면 미루꾸를 가져가게 되는 판이다. 자, 누구든지." 하고, 아이들을 쓱 훑어보았다. 그러지 않아도 구미가 동하여 한쪽 손을 호주머니 속에 넣고 오물거리던 한 아이가 자배기 앞으로 바싹 나서며 란드셀을 멘 채 쪼그리고 앉더니, 십 원짜리 한 장을 밀어 내놓는다.

노인은 내놓은 십 원짜리를 무릎 앞으로 당기어 놓고, 종이 봉지 속에 손을 쓱 넣었다가 내더니, "자, 받어. 이렇게 과자는 과자대루 주구……." 하고, 콩알만큼이나 한, 가시가 뾰족뾰족 돋은 알락달락한 색과자 세 알을 소년의 손으로 건넨다.

소년은 과자를 받아 우선 한 알은 입에 넣고, 미루꾸 갑을 당기어 8번에다 대이고 조리를 들어 물매미를 떠서 동그라미 속에 몰아넣었다.

물 위에 공중 떨어진 물매미는 잠겼다 솟았다 수염을 내저으며 뒷다리를 버지럭버지럭 헤어 돌아간다. 8자 주변 가까이로 물매미의 수염이 키를 돌릴 때마다 소년의 가슴은 호둑호둑 뛰었다. 그 은근하게 마음이 졸였던 것이다.

그러나, 허사였다. 물매미는 7자 칸으로 들어가고 말았다. 소년은 약이 오르는 듯이 십 원짜리를 또 꺼내 이번엔 7자 번에다 대었다. 그러나, 물매미는 이번엔 또 8번으로 들어갔다. 몇 번을 대 보았어도 물매미는 미루꾸 대인 번호로는 한 번도 들어가지 않았다. 백 원짜리까지 한 장을 잃고 난 소년은 인제 밑천이 진한 듯이 얼굴이 빨개서 물러난다. 노인은 좀 미안한 듯이, "한 번 맞춰내진 못했어두 손해난 건 없지? 과잔 과자대루 돈 값에 받았으니까. 자, 또 누구?" 하고, 아이들을 또 한 번 건너다보았다.

"저요!" 한 아이가 또 들어섰다. 그러나, 역시 물매미는 미루꾸 대인 숫자로는 좀체 들어가지 않았다. 백 원짜리 석 장이 고스란히 나가기까지 겨우 한 번을 맞추었을 뿐이다.

"요, 깍쟁이 자식이!"

소년은 약이 바짝 올라서 물매미 욕을 하며, 백 원짜리 한 장을 또 꺼내, 이번에는 아무래도 한 번 맞추고야 말겠다는 듯이, 모두 스무 구멍에서 절반이나 차지하는 열 구멍에다 번호를 골라 지적하고, 그 백 원을 단태에 다 대었다. 그리고는 조심스레 물매미를 떠넣었다. 여기엔 장본인인 소년 자신 뿐이 아니라, 둘러섰던 아이들은 누구나 할 것 없이 다 같이 마음이 조였다.

동그라미를 통하여 물 위에 떨어진 물매미가 지적하여 놓은 그 번호 가까이로 헤어돌 때마다, 흠칠흠칠 마음들을 놀랬다. 그러나 물매미는 요번에도 들어갈 듯이 그 지적한 번호의 주변을 몇 번이고 돌았을 뿐, 나중 가선 엉뚱한 구멍에 수염을 쳐박고 넙주룩이 뜨고 만다.

소년은 그게 마지막 태였다. 더는 밑천이 없다. 그만 울상이 되어 일어선다.

"고놈의 짐승 참 이상하게두 오늘은 미루꾸 대인 구멍으룬 안 들어가네."

노인은 너무도 돈을 많이 잃은 소년이 딱해 보여서 위로 삼아 해 본 말이었으나, 소년은 이 말에 도리어 부아가 돋귀었다. 킹 하더니 손잔등이 눈으로 올라간다. 노인의 마음도 좋지 않았다.

노름에 돈을 잃고 눈물을 흘리며 돌아가는 아이를 오늘 비로소 대한 게 아니다. 날마다 한둘씩은 으레 있는 일이었고, 그럴 때마다 노인은 자기의 직업이 한없이 미워졌던 것이다. 머리에다 흰 물을 잔뜩 들여가지고 손자 뻘이나 되는 어린 학생들의 코 묻은 돈푼을 옭아내자고 물매미 노름을 시켜, 울려 보낸다는 것은 확실히 향기롭지 못한 노릇이었다. 무슨 직업이야 못 가져서 하필 이런 노릇으로 밥을 먹어야만 되는 것일까? 자기 자식도 그들과 꼭 같은 어린것이 학교엘 가고 있다. 아이들을 바른 길로 인도하고 가르쳐 주지는 못할망정 그들을 꼬여서 옭아 먹자는 것은 아무리 생각해도 나이가 부끄러운 일이었다.

'밥을 굶어두…….' 하고, 금시 집어치우고 싶은 생각이 들다가도, '정말?' 하고, 다시 따져 볼 땐 그만 용기가 죽곤 했다. 밤도 구워 보고, 고구마도 구워 보고, 빵도 쪄 보고, 담배도 팔아 보고, 갖은 짓을 다 해보았어도 시원치가 않아서, 또 이런 노름으로 직업을 아니 바꾸어 볼 수 없었던 것을, 그리고 그래도 이 노름이 제법 쌀됫박이나마 마련되는 노름인 것이 뒤미처 생각킬 때, 노인은 마음을 냉정하게 가지지 않을 수 없었던 것이다.

여지껏 내지 못하고 밀려 돌아가던 학교 증축비 부담액 이천 원을 오늘 아침에야 들려 보낸 것도, 이 노름이 시작되면서 이 며칠 동안에 마련된 돈이었다. 생각하면 그저 냉정해야 살 것 같았다. 냉정하자, 그저 냉정해야 되겠다. 지금도 생각하다가 노인은 금시 마음을 다시 새려먹고, 그 소년이야 돈을 잃고 울며 돌아가든 마든 아랑곳할 게 없다는 듯이 소년에게 향하였던 눈을 다시금 물매미 자배기로 돌렸다.

그리고 마음을 굳세게 가다듬는 듯이 '에헴' 하고 목청을 새롭게 돋우며, "자, 또 누구? 과잔 과자대루 십 원어칠 받구두, 재수만 좋으면 백 원짜리 미루꾸 한 갑을 공으로 얻게 되는 재미나는 노름! 자, 또 누구?" 하고, 그들의 비위를 돋구기 위하여 물매미를 또 떠서 동그라미 속으로 넣어 보인다.

그러나, 아이들은 인제 다들 말꼼히 마주 건너다보기만 하는 패들일 뿐, 썩 나앉는 아이가 없다. 호주머니들이 긇은 모양이다. 호주머니 긇은 아이들을 상대로는 아무리 떠든댔자, 나올 것이 없을 건 빤한 일이다. 날도 저물었다. 벌써 해그림자가 땅 위에서 다 말려들었다.

학교패들도 이젠 다들 저 갈 데로 헤어져 가고 말았을 것이다. 더 벌려 놓고 그냥 앉았댔자, 집으로 돌아가는 지게꾼이나 장난바치 아이들이 어쩌다 걸려들면 들을 것밖에 없었다. 두어 번 더 아이들을 구겨 보다가, 노인은 그만 짐을 싸 가지고 일어섰다.

집에서는 마누라가 벌써 저녁을 지어 놓고 영감님과 막내가 학교에서 돌아오기를 기다리고 있었다.

막내가 돌아올 학교 시간은 이미 늦었는데, 웬 까닭인지를 알 수가 없었다. 저녁을 다 먹고 나서도 막내는 돌아오지 않았다. 기다리다 못하여 노인은 학교로 가 물어보았다. 숙직선생은 아이들이 돌아간 지는 이미 오랬다고 하고, 몇 학년이냐고 묻기에 이학년이라고 했더니, 최영돈이 그 애는 오늘 결석이라고 했다.

노인의 머릿속에는 무슨 알 수 없는 불길한 예감이 스치고 지나갔다. 전차가 보였다. 자동차가 보였다.

"분명히 개가 오늘 오지 않았어요?"

미안쩍어 노인은 다시 한 번 재쳐 물었으나, "제가 최영돈이 반 담임이 돼서 오구 안 오는 걸 잘 압니다. 글쎄 한 번두 결석이 없던 앤데, 오늘 처음으로 결석이기에 나도 이상히 여기구 있습니다. 그럼 집에서는 영돈이가 학교로 간다구 나오기는 했군요." 하고, 평상시의 출석상황까지 정확히 알고 말하는 선생의 대답을 들으면, 영돈이가 학교에 오지 않았던 것만은 의심할 여지가 없었다.

어디로 갔을까, 어디로 가서 종일토록 집으로 돌아오지 않을까, 전차, 자동차, 설마 그렇지야 않겠지? 오늘 학교 부담금 이천 원을 넣고 나간 그 돈으로 관련되어, 무슨 일이 혹 생긴 것은 아닐까, 노인은 알 수 없는 생각을 안은 채 눈이 둥글해서 되돌아왔다. 밤이 이슥해서다. 문 밖에서 두런거리는 소리가 나기에 내다보았더니, 군밤 장수 권서방이 영돈이를 데리고 들어오고 있었다.

"아아니, 너 어디 갔다 이제 오니? 아, 권서방은 어떻게 또……."

노인은 돌아오는 막내를 보고 반가워 마주나갔다.

"허, 너 인제 들어가거라. 그런데 영감님, 영돈일 너무 꾸짖지 맙시오. 애들이 철이 없어 그랬겠으니 차후일랑 그러지 말라구 이르구…… 어서 너들어가아." 하고, 권서방은 막내의 등을 안으로 밀었다. 역시 까닭은 있었구나, 노인은 그것이 궁금하지 않을 수 없었다.

"아아니, 너 어딜 갔더랬어? 아, 권서방이 어떻게 밤늦게 갤 데리구…… 아니, 어디서 권 서방이 갤…….” 하고, 노인은 부썩 마주 섰다.

 “아니 뭐 그런 게 아니구요. 아마 영돈이가 아침에 학교에 갈 때. 저어 종점께서 물매미 노름을 했나 보죠. 그래, 돈을 잃군 학교두 안 가구 우리 놈하구 우리 집으로 밀려들어와선 종일 놀구 있기에, 저녁이나 먹군 집으루가 자랬더니 아버지한테 꾸중을 듣겠다구 못 가겠다기에 내가 데리구 왔죠. 뭐 꾸짖을 것도 없어요. 아이들에게 물매미 노름을 시키는 어른이 글렀지요. 그까짓 철없는 애들이야 그거 뭐 아나요. 어서 들어가 자거라!”

 노인은 그만 더 추궁할 용기가 없었다. 권서방 보기가 부끄러웠던 것이다. 얼굴이 들리지 않았다.

 “어서 들어가 주무십시오. 너두 들어가 자구…… 아이, 참 달두 밝다. 전등이 없으니깐 더 밝은 것 같군”

 돌아서는 권서방을 멍하니 바라만 보았을 뿐 뭐라고 인사말도 나오지 않았다. 말도 없이 그대로 마당가에 우두커니 서 있는 늙은 아버지와 어린자식을 흐르는 달빛만이 유난히 어루만지고 있었다.

바람은 그냥 불고

 산허리로 무심히 넘는 해를 등에다 지고 동쪽으로 길이 뻗은 신작로 위로 흘러내리는 오렌지빛 놀 속에 물들며 물들며 순이는 걷는다.

 오늘 하루를 두고는 다시 오지 않을 이 해(年)의 마지막 넘어가는 저 해(日)가 인젠 아주 자기의 운명을 결단하여 주는 것만 같다. 저 해가 넘어가도 그이가 돌아오지 않으면 그이는 영원히 돌아오지 못하는 그이다. 그럴진대 차라리 저 해와 함께 운명을 하고도 싶다. 저 해에 희망을 붙이고 살아오기 무릇 일 년이었다. 앞으로 기다릴 저 해가 아니었던들 자기는 이미 이세상 사람이 아니었을는지도 모른다. 생각을 하다가 순이는 또 문득 걸음을 세운다. 대체, 가면 어디까지 가자고 해도 넘어가는데 젊은 계집년이 무작정으로 이렇게 걸어만 가는 것인가.

 '오긴 무에 온다구, 죽었을걸……'

 아주 단념을 하자고 하다가도 차마 단념이 가지 않는 안타까운 한 가닥의 미련.

 "염려 마라 살았다. 이 해 안으로는 단정 들어서리라."

 지금도 그 소리가 또렷하게 귓전에 남아 있다. 싸움은 끝났다고 해도 일제히 들어서는(출정했다가) 사람들이 아니었다. 가까운 곳에서부터 츠음츰 들어서는 사람들이었다. 시일이 차면 어련하랴 하였으나, 라바울 갔던 사람까지 들어서는데 일본 갔던 남편의 소식이 이렇게도 없는 덴 애가 키지 않을 수 없었다. 불안한 속에서 기다리며 기다리며, 날을 세다가 그 해도 설을 넘길 적엔 그대로 앉아만 있을 수가 없었다. 생사의 여부를 무당에게 물었던 것이, 무당의 대답은 이렇게도 분명하였던 것이다. 무당의 말이라 믿을 것이 있으랴 하다가도 자꾸만 그대로 믿고 싶은 마음이었다. 이 해가 다 저물었다 하더라도 이 하루까지는 어련한 이 해다.

마지막 이 날이라고 들어오지 말랄 법 있으랴, 혹시……? 하는 한 가닥 희망이 다시금 가슴속에 정성껏 무젖어 든다. 오면 차에서 내려올 테지, 정거장까지 마중을 가보자, 치맛자락에 바람을 순이는 다시 몬다.

깊바닥 위에 깔렸던 놀이 차츰 그 빛을 잃는 걸 보면 보지 않아도 산 너머로 무썩무썩 깊이 해는 이제 아주 떨어지는 고비에 접어들고 있음을 알겠다. 그러나 놀이 걷히면 어둠이 바뀌어 깔릴 밤길에의 공포도 지금 순이는 모른다. 준비를 하고 나선 길이 아니다. 두루마기도 목도리도 없건만 저녁 바람의 차가움도 지금 순이는 모른다. 모든 무서움이 지금 순이에게는 없다.

다만 간다는 것, 오늘 하루 안으로 생각이 닿는 끝까지 간다는 단순한 일념이 있을 뿐이다. 그것이 지금 순이의 생명이다.

산 모롱고지에 별안간 검은 연기가 피어오르는가 하더니 시꺼먼 물체가 씩씩거리며 산허리를 꺾어 돈다. 기차다.

어느새 다섯시 차일까. 이 차가 그 차면 인제 객차는 없다. 보얗게 얼은 유리창 속에 담뿍 담기운 사람들의 그림자가 희미하게 얼른얼른 칸마다 연달린다. 분명일시 객차다. 발락발락 좀더 서둘러 걸었던들 정거장에서 저차를 마음 놓고 맞았을걸…… 저 차와 같이 걸음을 달릴 수가 없을까. 그이는 죽었느냐 살았느냐 최후의 판단을 싣고 자기의 운명을 결단하여 줄 이해의 마지막 객차가 지금 들어오는 것이다.

가로놓인 신작로 한복판의 레일을 타고 기차는 정거장을 바라보았다. 뀌익 소리를 냅다 지르며 숨이 찼다.

지리한 몸을 쿠션에서 일으켜 모자를 떼어 쓰고 트렁크를 시렁에서 내리는 손님들이 순이의 눈에는 보인다. 그 손님들 가운데서 그이의 모습을 순이는 찾는다. 그러나 내릴 준비를 하는 그이이기보다 떠나보내던 그이의 모습만이 눈앞에 생생하다.

'축 금진수군 입영(祝 金鎭秀君 入營)'이라는 면장의 글씨로 정성껏 씌어진 붉은 다스끼를 가슴에다 걸고 눈썹 위까지 푹 눌러쓴 사각모를 차창으로 내밀어 플랫폼에 선 어머니와 자기를 말없이 번갈아 바라보던 충혈된 두 눈, 이윽고 차가 바퀴를 움직이기 시작할 때 와아하고 아들을, 손자를, 동생을, 남편을 보내는 가족들의 마지막으로 모습이나 한 번 더 다시 보리라는 죄어드는 분비 속에 붉은 다스끼들이 창턱마다에 가슴을 걸고 내미는 손 가운데는 그이의 하이얀 손도 자기의 눈앞에 있었다.

저도 모르게 쭈룩 흘러내리는 눈물이 뺨 가에 뜨거움을 느끼며 저도 말없이 손을 내밀어 그이의 손안에 가만히 넣을 때 따스한 온기가 꽉 부르쥐는 힘과 함께 뼛잠까지 스며드는 듯하던 생각, 차 안의 손과 차 밖의 손이 서로 붙들고 늘어진 무수한 손들, 놓으면 다시는 잡아 볼 수 없는 손안에 사무친 정이 서로 끄는 손들은 굴러나가는 차바퀴에 따라 저절로 당기어진다.

그이의 손안에 감기운 자기의 손도 으스러지게 팽팽히 당기웠다. 떨어지지 않으려고 손끝에 힘을 주어 그이의 손가락을 자기도 감싸쥐고 쫓아가며 쫓아가며 여유를 주는 것이었으나 속력을 내기 시작한 차체의 힘과는 저항이 되지 않는다. 마침내 뻐드러져 나가던 손, 뻐드러져 나간 손들은 차안에서나 차 밖에서나 서로들 두르며 두르며 떠나는 정과 보내는 정을 잇 속(續)는다. 그이의 손도 자기를 향하여 허공을 추켜올리며 그냥 두르는 것이었으나, 자꾸만 흘러내리는 눈물이 앞을 가리어 얼굴로만 손을 가져가게 만들던 생각. 언제나 그이가 생각키면 이렇게 먼저 보이는 것이 붉은 다스끼요 떠나보내는 형상이다.

기차와의 거리는 점점 멀어진다. 정거장에 차가 멎고 사람들을 내려놓을 때에야 겨우 역전의 광장에까지 달릴 수 있는 순이였다.

거리로 쏟아져 흩어지는 사람들을 순이는 낱낱이 살핀다. 보퉁이를 머리에다 잔뜩 인 여인네가 아니면 륙색을 등에다 무겁게 걸머진 중년의 사나이가 대부분이다. 한참 나오던 사람들이 츰해지는데도 그이 같은 모습은 찾을 수가 없다. 정거장 안까지 들어섰을 때 육중한 트렁크를 한 손에다 들고 몸을 일며 아직도 플랫폼에서 헤매는 한 사람의 그림자가 순이의 눈에 쏘인다. 어딘지 눈에 서투르지 않은 익은 인상임이 대뜸 들어왔던 것이다. 그일까 하는 생각에 별안간 가슴을 뒤노이며 짙어 가는 어둠 속에 똑똑히 알아 볼 수 없는 형상임을 초조로이 눈에 힘을 주며 주며 바라보다가 질겁을 하고 순이는 놀란다.

영세, 그것은 틀림없는 영세였던 것이다. 생각만 하여도 치가 떨리는 영세, 하필 왜 이 자리에서 이렇게 영세를 만난단 말인가. 그이를 마지막으로 기다리는 오늘 마지막 차의 마지막 손님이 그이가 아니고 그이를 전지로 몰아낸 영세라니! 영세를 맞으러 자기는 어둠도 추움도 무릅쓰고 오 리나 되는 정거장 길을 집안도 모르게 이렇게 달리어왔더란 말인가. 영세가 나오기를 이렇게 눈이 빠지도록 기다리었단 말인가. 속이 떨려 두 번 다시 거들떠 보기도 으즈즈하다. 얼굴을 돌린 채 제결에 몸을 피하여 터전으로 순이는 뛰어나왔다.

영세는 순이네와 논틀이 하나를 사이에 둔 건너마을에 산다. 옛날부터 내려오는 문벌과 재산이 그를 우러러보게 만드는 데다가, 경도제대 경제학부를 졸업하고 돌아오게 되자부터는 학력까지 그를 따를 사람이 없어 금력으로나 학력으로나 물심양면에 있어서까지 선망의 적(的)이 되어 동네의 추존을 한 몸에 받아 오다가 서울로 올라가자부터는 그 이름이 언론기관에 끊일 새 없이 오르내리게 되어 신문장이나 보는 사람치고는 박영세라는 이름을 모르는 사람이 없이 되었다.

누구나 동네의 빛으로 동네를 말할 때에는 그를 내세우고, 자기도 그 동네에 사노라 말했고, 친하다 말했다. 그리고 개인의 사정이나 동네의 사정으로 혼자 처리하기에 썩 마음이 내키지 않는 일이 있을 때면 일부러 서울까지 올라가 그와 더불어 문의를 하고 그의 말을 좇았다. 면사무소에서, 주재소에서 창씨(創氏)를 하라고 그렇게 강권을 하는데도 사람이 어떻게 성을 고치느냐고 하나 없이 뻗대이었으나 영세가 솔선해서 다까야마 고산(高山)로 고치는 것을 보고는 영세가 고치는 것이라 아니 고치고는 견딜 수 없는 창씨인가 보다고 다들 면사무소로 달려가 제멋대로 성들을 갈았다.

그리고 뒤이어 몰아치는 학도지원병 영이 발포되매 막다른 골목에 든 이 위급을 피해 보려고 학교도 집어치우고 집안도 모르게 어디론지 숨어 버린 진수를 끌어 내는 데도 이 영세의 영향이 절대하였던 것이다.

주재소에서는 아들을 내놓으라 날마다 졸랐으나 그 아버지 선달은 모르노라 응치 않았다. 응치 않음이 그대로 강경함에 경찰서 고등계에서는 형사까지 둘씩이나 나와 선달을 데려다가 유치장에 집어넣고 승낙서에 도장을 찍으라, 그렇지 않으면 싸움이 끝날 때까지 가두어 두리라 위협 위협이었다.

그래도 듣지 않음에 반이나 넘어 세인 선달의 그 허연 수염을 형사들은 둘러앉아 승벽으로 뽑으며 만행으로 단련을 시켰으나 수염 아니야 목을 뽑히는 한이 있더라도 승낙은 못 한다 하여 턱이 맨숭맨숭하게 수염이 한솟 다 뽑힐 때까지 굳이 승낙을 하지 않고 죽일 테면 죽여라 뻗치고 있는데 하루는 서울서 강연대가 내려와 공회당에서 명사들의 시국강연이 열리니 다 가서 듣자 하여 학병 지원에 승낙을 않는다고 가두고 단련을 시키던 학부형 십여 명을 다 나오래서 데리고 갔다.

선달은 군중 속에서 늙은이(아내)도, 적은이(동생)도 다 들어와 앉아 있음을 보고 주재소에서 반드시 이 강연만은 들어야 한다고 같이 들어가자 해서 들어들 왔노라는 말을 들었다.

강연은 들으나마나 누구나 전문 학생이면 다 지원을 해야 된다는 소리였다. 여기서 선달이 놀란 것은 이 연사 세 사람 가운데 영세가 섞여 있음을 본 것이었고, 황은(皇恩)에 보답할 길은 오직 자식을 나라에 바치는 길밖에 없다고 테이블을 주먹으로 치는 것을 보는 데서였다. 그리고는 영세 같은 사람이 돌아다니면서 이렇게 열과 성을 다하여 저런 강연을 할 때에는 이것도 창씨와 같이 피할 수 없는 성질의 것일까, 죽어라 하고 수염을 뽑히면서도 움직여지지 않던 선달의 마음속엔 그 어느 한 구석이 흔들리우는 것 같음을 그 순간 느꼈다.

그러나, 영세도 하는 수가 없어 이렇게 붙들려 다니며 저런 강연을 하지 않고는 못 견디는 것은 아닐까 몇 번이고 생각해도 믿어지지 않아 저녁에 사석에서 조용히 좀 만나 의견을 들어 보리란 생각까지 은근히 두었던 것이, 그러지 않아도 이 연사들과 지원에 대해서 문의할 일이 있으면 얼마든지 하라고 이에는 구속도 않으므로 선달은 가족들을 다 데리고 그의 여관으로 찾아가 하룻밤을 같이 묵으면서 의견을 들었다.

사석에서의 의견도 다른 데가 없었다. 지원을 아니 하면 그보다 더 무서운 징용이 내린다는 것이요, 그것까지 거부하게 되면 가족의 일체 배급 정지로 가정은 파멸되고 말 것이니 이왕이면 선뜻이 지원을 하고 나서는 것이 상책이라는 것이다. 그리고 싸움을 나간다고 다 죽는 것이 아니요, 승리를 하고 싸움이 끝나 돌아오게 되면 명예와 권세가 그 한 몸에 넘칠 것이니 하루바삐 지원을 하는 것이 유리하리라는 것이었다.

하나에서부터 열까지 믿기에 의심이 없는 영세이었던 것이다. 그대로 고집을 한다는 것은 그것은 결국 자승자박을 하는 셈이 되는 우둔인 것임을 깨닫고 산속 깊이 절간에 가서 숨어 있는 아들을 수소문하여 찾아다 놓고 온 가족이 모여앉아 지원서에다, 승낙서에다 도장들을 부자가 각기 찍고는 눈물을 흘리며 진수를 떠나 보냈던 것이다.

자기가 자기 손으로 도장을 찍어서 아들을 내보내 놓고 누구를 원망하랴만 지원서에 도장 찍기를 굳이 피하고 숨어 돌아가던 학생들 중에는 간혹 적발도 되어 징용장을 받기도 하였으나 피하면 얼마든지 피해 돌아갈 수 있고, 또 피치는 못했댔자 그것이 총알이 왔다갔다하는 전장판보다는 비교도 안 되게 헐한 것임을 알았을 때 순이네 가족은 가슴을 치고 통탄해하지 않을 수 없었다. 그리고 영세를 원망하지 않을 수 없었다. 그나마 남과 같이 살아 돌아오기나 했으면 모든 것을 꿈처럼 잊어나 버리고 말았으련만, 아아.

'무당도 다 소용이 없어, 인젠 아주 그이는 잊고 말자.'

영세가 뒤에 달리는 것 같아, 늦어진 허리를 다시 단정히 고칠 여유에도 초조로이, 집으로 내닫기 시작한 순이는 치마 뒤를 땅에다 지일질 끌면서 몇 번이고 마음에 힘을 주어 가며 뇌인다.

'잊어야지, 안 잊음 별수가 있나.'

그러나, 누구를 믿고 살 것인가가 뒤미처 생각킬 땐 받느니 옷자락에 눈물이었다.

부모네들의 옛날부터 내려오던 우의에서 그이는 대학에 들어가던 해, 자기는 고녀를 나오던 해, 그 해 봄에 약혼이 되어 결혼은 그이의 졸업을 기다려 하자던 언약이, 꿈에도 생각지 못하였던 학도지원병 영이 내리게 됨에 부랴부랴 결혼을 하여 한 달을 채 못다 살아본 남편이었다. 이러구러 정신 없는 얼떨떨한 삼 년 동안의 시집살이였다. 이것으로 자기라는 인생은 다산 것이란 말인가. 학생 시대에 꾸던 무한히 즐겁던 청춘의 꿈은 이렇게도 삭막하게 뒤집히고 만단 말인가. 인젠 나라도 찾았다. 제 나라에서 거리낌 없이 마음껏 살 수 있는 아름다운 꿈이 그이로 더불어 한껏 즐거울 것이련만 이렇게도 청춘은 애달프단 말인가. 그이가 나가기 전에 부모네들이 하루 바삐 결혼을 서두른 의미도 모르지 않는다. 그러나 그것도 한낱 꿈이었다.

부모네들의 소망대로 한 점 혈육이나마 남기었더라면 대(代)나 이음이 되지 않을 것인가. 자기의 존재는 이 집에 무엇으로 있단 말인가. 불쌍한 며느리, 죽기까지 들어야 할 측은한 대명사. 그것이 인젠 다만 자기에게 남은 존재일 뿐이다.

'더 살음 무얼 해. 그이가 간 곳을 나도 인제 따라가야지.'

그러나, 자기마저 그이 따라 이 집을 떠나간다면 늙은 시부모양주는 누구를 믿고 의지하고 산단 말인가. 생각이 이에 미치면 제 마음이건만 제 마음을 저로서도 결단할 용기가 차마 나지 않는다.

그이는 이 집의 기둥이었다. 그이의 어깨에 늙은 부모가 매달려 있었고, 거기 자기가 또한 덧붙은 것이었다. 시아버지는 늙마에 만득으로 그이 하나를 두시고 그이를 위하여 넉넉지도 못한 가산을 기울여 학자를 대었다. 몇 마지기 안 되는 땅이 들어간 것은 그이가 중학에 들어가던 해요, 학병으로 끌려 나가던 해엔 집문서까지 금융조합에 들어가게 되었으나, 이제 한 해만 더 참으면 졸업을 하게 된다. 오히려 반갑게 매어들 달리려던 기둥이었다.

그 기둥이 이제 부러졌다. 의지 할 데가 없는 것이다. 여전(餘錢)은 다 쪼아 먹고 집문서는 찾을 기약조차 까마아득한데 배급은 없고 쌀값은 나날이 오른다. 조반석죽도 구차하다.

이게 인제는 모두 자기의 손에서 해결이 되어야 할 무거운 짐으로 바뀌어진 것이다. 그이는 아주 잊는다 해도 이미 자기가 그이의 아내었다면 이 집은 아주 잊을 수가 없는 것이 도리다.

그러나, 이 집을 붙들고 나갈 그만한 힘이 계집으로서의 자기에게 과연 있을 것일까. 생각하니 그저 아득한 앞날이다. 다시금 눈시울이 뜨거움을 느끼며 짙어 가는 어둠 속을 분주히 집으로 집으로 순이는 걷는다.

시부모도 오늘 하루를 은근히 기다리다 지치고 만 모양임이 드러난다. 이미 밤은 깊을 녘에 들었건만 사당에도 제석에도 아직 불이 없다. 해마다 섣달 그믐밤이면 초저녁부터 칸마다 불을 밝히고 복을 맞아들이던 수세(守歲)의 풍습도 이 해 따라 이 집에선 지금 무시되고 있다.

작년에도 재작년에도 이 수세의 점등(點燈)만은 잊지 않고 손수 정성을 들이던 시어머니였던 것이, 이게 다 그이 때문이로구나 하니 모든 것을 잊자던 순이의 가슴은 다시금 뭉크레하여진다. 들어서는손 장종백이를 말끔히 닦아 솜으로 심지를 비벼 넣고 피마자 기름을 부어 사당과 제석에 먼저 불을 밝히고 큰칸으로 건너갔다.

시어머니는 샛문 발치에 이불을 쓰고 누웠고, 시아버지는 아랫목에서 팔패를 뗀다. 시아버지의 팔패는 화 팔패다. 속이 상할 때에는 언제나 늘 팔패로 화를 푸는 것이 버릇이다. 한동안 그쳤던 팔패를 오늘 저녁 시아버지는 또 꺼내 들었다. 그 원인이 어디 있음을 순이는 모르지 않는다. 마음대로 맞아떨어지기나 하는 것일까, 그렇다면 한결 위안이라도 되련만…… 생각을 하며 아랫목으로 내려가, "추운데 손 시럽지 않아요? 밧 날이 끔찍이 찬가 봐요." 하고, 방바닥을 순이는 손으로 짚어 본다.

"응, 난 괜찮다. 네가 얼었구나. 어디를 갔다 오니?"

"어디 간 데두 없어요. 괜히 밖에 있었죠."

곧이들을는지 모르나 그렇지 않아도 가뜩이나 침울해 팔패까지 또 손에 대신 시아버지였다. 아들의 이야기를 하여 아픈 상처를 건드리기 보다는 정거장까지 갔더란 말은 숨기는 것이 예의였다.

이것은 순이만이 취하는 태도가 아니다. 이 한 해 동안의 이 집 가족은 며느리나 시부모나 서로들 눈치와 위로로 산다. 털끝만큼도 진수에 대한 이야기는 서로 입 밖에 내지 않고, 누가 얼굴을 푹 숙이고 앉았든가 먼산만 좀 바라보아도 진수를 생각하나 보아 필요도 없는 이야기로 어루만지는 것 이 누구나의 태도였다.

"아, 참, 너 이박기 먹어라. 며느리 이박기 내려 주구려."

시아버지는 팔패 떼던 손으로 마누라를 흔든다. 마누라는 눈이 좀 붙었던 모양이다. 기지개와 같이 일어나 장문을 열고 고리당즉을 들어낸다.

"주막집 엿장사가 이박기라구 엿을 갖다 맡기누나. 어서 먹어라, 너 들어온 담에 같이 먹으려구 기대렸단다. 영감님두 드세요. 영감님이 먼저 드세야 얘가 먹지."

시어머니도 극진하다.

"아이, 먼저 잡수실걸요. 아부님 드세요. 어머님은 치아가 없으셔서 넣고 녹이서야알걸요."

근심 없는 마음의 표현들 같다. 이렇게라도 가정이 지속만 될 수 있다면 죽는 날까지 이러구러 살다는 볼 것이, 맞닥뜨린 절박한 사정은 이러한 눈물겨운 단란도 허치 않았다.

금융 조합에서는 인젠 더 연기는 하는 수가 없으니 그리 알라는 최후의 통첩이 떨어진 것이다. 지금 선달이 떼는 팔패에는 이러한 것들의 처리에 판단을 댄 앞날에의 운명이 점쳐지고 있었다. 오늘도 진수는 들어서는 애가 아니니, 이 애는 인젠 정말 아주 잊어야 옳으냐, 옳다면 붙고 글타면 맞아떨어져라, 떨어지는 데 마음을 대고 떼었던 것이, 붙고 떨어지지 않는다. 그러면 정말 진수는 죽었느냐, 차마 믿고 싶지가 않아, 삼태 양승(兩勝)으로 행여 다시 떼어 보았던 것이, 영락없이 연달아 붙고 떨어지지를 않는 덴 눈앞이 아득했으나 하는 수가 없는 일이다.

정말 잊어야 옳은 앤가 보다, 쓰린 가슴을 억누르며 금융조합의 빚처리로 넘어가 돈은 집을 팔아서라도 갚아 주고 여전을 벗겨 생활의 밑천을 삼는 것이 옳으냐, 옳다면 떨어지고 글타면 붙어라, 또 떨어지는 데 마음을 대고 떼어 본 것이, 마음과 같이 마저 떨어졌다. 그렇다면 집은 파는 것이 바른 길이긴 길인가 보나, 쓰고 있을 집이 그적엔 또 있어야 아니하나, 서방은 죽어 돌아오지 않고 집은 팔아먹고 그래도 며느리는 청상과부로 있을 데도 없는 이 집을 족히 지키며 개가 할 의사가 없이 수절을 하고 지낼 것인가, 아들을 생각 할 때마다 연달아 떠오르는 며느리의 귀추가 자못 궁금하다.

개가할 의사가 있느냐 없느냐, 없다면 떨어지고 있다면 붙어라, 떨어지는 데 마음을 또 대고 떼었던 것이 신통하게도 이번에는 장마다 맞아 돌더니 끝내 떨어진다. 그렇지 않아도 인젠 며느리밖에 의지할 데가 없다고 은근히 생각을 해 오던 것이다. 이것이 시아버지는 기막히는 사정 가운데서도 한결 마음의 위안이었다. 더욱이 이패를 떼는데 어딘지 나갔던 며느리가 섬적 들어서고, 또 그 앞에서 뗀 패가 이렇게 대었던 마음대로 떨어지고 마는 것은 이것이 무슨 한낱 자위책으로서의 그러한 노름이 아니요, 정말 며느리 앞에서 그러마 하는 굳은 맹세를 받는 것도 같아, 엿을 들면서도 시아버지는 참 기특도 하다고 생각을 하며, 몇 번이고 며느리를 바라보다가 한 가락 엿을 채 못 다 들고 수염을 닦고 나더니, "며느리 너." 하고, 부르며 얼굴을 든다.

팔패는 마음대로 떨어졌다. 떨어진 팔패와 같이 며느리의 마음은 과연 그렇게 굳어 있는가, 집을 팔자면 살아갈 방도에 있어 무엇보다 알고 싶은 것이 며느리의 마음이었다.

"네 앞에서 내가 어떻게 이런 말을 하랴만 목구멍이 야속해서 산 사람은 그래도 먹구 살아야겠으니 어찌하겠니."

"아무렴요. 지나간 일은 다 잊구 산 사람은 살 도리를 해야죠. 아부님 근심 마세요."

철난 대답이다. 아무런 티도 없이 천연하게 받는 며느리다. 시아버지는 놀랍고도 반가웠다.

"으니라 참, 너 선선하구나! 네 입으루 그런 말을 들으니 내 마음이 얼마나 풀리는지 모르겠다. 공부헌 여자란 참 다르다. 그럼 그러지 않음 도리가 있니?"

"그이는 아주 돌아오지 못할 사람으루 알아야 해요."

"아무렴 이젠 어련히 그렇게 믿구 지내야지. 그런데 말이로구나, 살랴니깐 그놈의 빚 때문에 집을 안 팔구는 못 배길까 보다. 창피하게 집행을 겪기보다는 팔아 물어 주는 것이 떳떳한 일 같구나. 네 의견은 어떠니?"

"제가 멀 알아요. 아버님 생각이 어련하시겠어요."

"어련험 멀 허겠니. 팔구 나서 살 길 때문에 그러지. 남저지를 벼끼문 외막살이나 한 채 살까. 그것두 십 만 원을 받아야 할 말이구. 그러문 또 집만 쓰구 있음 사니, 먹구 살 밑천이 그적엔 또 있어야지. 다른 게 아니구 이게 걱정이 돼서 그러누나."

여기엔 순이도 할 말이 없다. 그렇지 않아도 못 잊는 근심이었다. 정거장에서 돌아오면서도 눈앞이 아득해 발길조차 더디었던 것이다. 다시금 암담한 생각에 순이는 얼굴을 무릎 위로 떨어뜨린다.

"글쎄, 그 섬나무자리 너 말지기 그것만 가지구 있어두 우리 세 식구 자농감은 걱정이 없으련만 논이나 좀 좋은가 천상수(天上水)판에……." 하다가 시아버지는 별안간 흑흑 느끼는 소리에 주위를 둘러 살피다가 며느리의 어깨가 분주히 들먹이고 있음을 보고는 더 말을 계속하지 못하고 그만 한숨과 같이 고개를 숙인다. 그럼 그만치 참는 것두 나이 봐선 용허지. 저두 기가 왜 안 막히려구, 서방은 죽어 돌아오지 않구, 집까지 팔아먹게 되니……."

"칠(칠만 원)이면 놓게 놓아."

집을 내어놓기는 내어놓으면서도 이 동네에서 작자가 그리 쉽게 나서리라고는 믿지 않았는데 의외에도 며칠이 안 되어 박구장은 어디서 작자를 구해 놨는지 자꾸 와서 값을 튀긴다.

"글쎄, 채여 놓래두 그래. 하나(십만 원)루."

"하나 다는 안 된대두 그러눈. 이게 꼭 작자니 놓아. 이 작자 놓치면 집팔기 힘드네. 그래 이 동네 집 살 사람이 어디 있어, 빤한 형편 아닌가."

"작잔 누군데 그러나?"

"건 미리 알아 쓰나. 문서 쓸 때 알아야지. 어서 칠이면 놓게."

"사실 작자라면 우리 집은 하나라두 싸네. 위치가 이 촌중에서 젤 아닌가. 손자 손향 판이지, 건자 건향 판이구. 다자꾸 내 운이 진해서 집을 팔아먹지, 집이야 좀 좋은 데 놓였나. 건넌말 박영세네 집자리를 좋다구들 말하지만 그건 집이 푹 백히구. 어디 우리 이 집에 대겠나, 전에 우리 조부님이 뒷산에 올라서서 촌중을 쓱 내려다보시군 참 집 자린 일등이라구 번마다 말씀을 하시던 집 아닌가."

"자네 말 숱두 늘었네게레. 고집 말구 놓게. 저녁엔 문서나 하구 우리 오래간만에 한 잔 하기나 하세."

"글쎄. 여러 말 말구 하나만 채여 놔."

"놓래니까 글쎄? 칠이면 고집 말구."

"이 사람 어렴두 없는 소릴 자꾸…… 칠에 어떻게 놓으래나 이 집을."

"자, 그러믄 그럼 팔만 허지. 팔에 또 말을 듣겠는지 모르겠군 저짝에서. 자네만 팔에 놓는대문 내 건 떼여올게."

제 욕심만 부리디 작지를 놓치면 시실 팔기도 그리 수월치 않음을 안다. 십만 원을 다 받는다 하더라도 예산은 닿지 않는다. 팔이면 무던도 해 보이는 것 같다.

"구꺼지만 올려 대 보게." 우선 높여 보다가 할 말이다.

"그저 팔, 팔, 팔이면 꼭 정가야. 어서 팔에 말을 뚝 자르게."

"글쎄 구에만 끌어 대여."

"어서 팔에 말 떼래두."

"허 이건 권에 못 이겨 방립을 쓰는 격이야."

이만했으면 승낙하는 의미의 말임을 박구장이 모를 리 없다.

"그럼 잘 됐네. 저녁 세시쯤 문서 허지. 내 저짝에 가서두 그렇게 잘라가지구 또 오겠네."

이렇게 언약은 되고, 저녁 세시를 기하여 다시 박구장은 찾아와 계약을 하러 같이 가잔다. 그러나 즐거워 파는 집이 아니다. 구장을 따라가 제 손으로 집 문서에 도장을 찍기가 차마 싫다. 선달은 계약 일체를 도장까지 내어 구장에게 맡기고, 대체 나를 몰아내고 우리 집으로 들어올 사람은 누구일까, 촌중에는 아무리 훑어보아야 없는 것 같고 읍에서 누가 퇴촌을 하는 것인가, 구장이 돌아오기를 기다리고 앉았다가 선달은 계약서를 받아 들고 놀란다. 매수자가 뜻도 않았던 영세였던 것이다.

'내 집이 영세의 손으로 들어가다니!'

순간, 떠오르는 생각과 같이 자기의 이름과 가지런히 쓰이고 분명하게 박영세(朴永世)란 도장이 찍힌 부분을 얼빠진 사람처럼 선달은 내려다본다.

"자, 인젠 우리 흥정이 됐으니 술이나 한잔씩 노누세. 주막에 마침 곳주가 들어왔기에 한 병 넣어 달래 가지구 왔지. 아주머니 그 머 김치 쪼각이나 좀 들여오시우."

구장은 품 안에서 술병을 뽑아 낸다.

"아니, 영세 그 사람이 우리 집을 뭣 하러 사나?"

"가만 보니 동생들 분가(分家)를 시킬 눈치드군."

"동생들의 분가?"

"넷을 일시에 다 시킬 모양인가 봐. 웃말 홍첨지네 집두, 유사과네 집두 지금 흐르고 있는 판인데 것두 아마 오늘 저녁쯤은 떨어지게 될걸."

"아아니! 그게 무슨 일인가 갑자기, 그 사람이 동생들의 분가는 왜 그리 갑자기 일시에 서둘까?"

선달은 의아한 눈이 둥그래진다.

"까닭이 있드군 그래. 앞으로 법이 서면 토지가 국유루 될 것 같으니까 동생들을 분가시켜가지구 논아서 제 몫금씩 갈라 세울 모양이야. 그리구 대명동 토지, 웃당모루 토지는 전부 내놓았다는데."

무슨 비밀이나 말하는 것처럼 구장은 나직이 수군거린다.

"그래서 그럼 그이가 일전에 내려왔군요. 법이 세면 토지는 자농감 몇 정보씩을 내놓구는 유상 몰수가 될진 몰라두 다 몰수하게 되리라구 그리는 소리를 들었드니……."

순이도 의아한 태도로 참예를 한다.

"그 사람이 지금두 서울서 그런 우두머리루 다니는 사람이니까 그런 거야 아마 잘 알 테지. 미리 손 쓰는 셈이로군 그럼."

이제야 깨달은 듯이 선달은 머리를 주억시며 들었던 잔을 쭉 들이킨다.

"암, 영세 그 사람이야 알구 말구. 확실히 알게 누대루 내려오던 토지를 팔아 없애려구 내놓구, 또 부리나케 동생들을 위해서 집을 사는게 아니겠나?"

"아, 아니, 나라를 위해서 정치를 하자는 사람이 큰 게는 잡아서 제 구럭에 먼저 넣구, 정친 참 바르게 되겠네. 한때는 일본 사람들한테 남이야 어찌되었든 저만 곱게 보이구 살려구 남의 귀한 자손들을 전장판으루 나가야 한다구 목구멍에 핏대를 돋히구 연설을 다니드니 이젠 또 나라를 위하여 나섰다는 사람이 제 실속부터 차린다! 그럼, 아, 그 대명동 토지 사는 놈은 쫄딱 망하겠구먼. 돈 주구 샀다가 왼통 몰수를 당할 테니까. 에이 내 앉아서 그대루 죽음 죽었지 영세헌테 내 집은 못 파네. 그 여보게 집 해약해다주게."

문갑 빨함에 넣었던 계약서를 선달은 되꺼내어 구장의 무릎 위에 던진다.

"이 사람이 벌써 취했나? 술두 몇 잔 안 들어가서."

"아니, 취허긴 이 사람아 그럼 전 눈 좀 밝다구 모르는 사람을 속여 먹어야 옳은가. 몰수당할 토지를 팔아먹으문 사는 놈은 녹을 줄을 몰라? 그놈 아니문 내 자식두 쌈 나가서 죽질 않았어. 내 자식두 내 집두 그놈으 손에다 녹아나야 옳아? 뻔뻔헌 놈! 체면이 있지, 자식을 먹구 미안하지두 않아서 집을 또 먹게서? 이 집이 이게 누구 때문에 파는 것인 줄 몰라? 난 못파네, 내 집을 그놈의 손에단. 어서 물러다주게, 허 세상이."

아닌 게 아니라 선달은 벌써 주기가 얼근히 도는 모양이다. 손세까지 이상히 쓴다.

"그 무슨 소리야, 이 사람 정말 취했네게레. 자 자 그런 소린 말구 어서 또 잔이나 내게."

"글쎄 아니야, 내 집은 백 번 죽어두 그놈의 손엔 안 넣네. 어서 일어서게 이 사람?"

선달은 잔을 바로도 못 들고 술을 옷자락에다 줄줄 흘리며 들이키더니 상위에다 잔을 엎어 놓으며 일어선다.

"이 사람이 이게 앉아."

"아니야, 일어서래두."

"앉아요 글쎄. 이게 무슨 일야 이 사람."

구장은 선달의 손목을 끌어당긴다.

"아니, 안 일어날 텐가? 그럼 내가 가겠네."

팔을 뿌리쳐 구장의 손을 떨구고 감투를 눌러쓰며 계약서를 집어들더니 문을 차고 나간다. 설도 지났으니 양지쪽엔 이미 봄 뜻도 푸르련만 날씨는 그대로 차다. 종일을 그칠 줄 모르는 바람이 그냥대로 누동의 구새 먹은 오리나무 가지를 왕왕 울린다.

"이 사람 여, 여보게 선달."

구장은 쫓아가며 부르나 선달은 들은 체도 않고 옷자락을 날리며 건넌마을 논틀이 길을 취한 사람도 같지 않게 총총걸음으로 내닫고 있다.

시아버지 혹 취중에 무슨 실수나 하지 않을까 순이도 덧쫓아 나와 넌지시 논틀이를 뒤따른다. 그러나 차마 영세네 집까지엔 발길이 내키지 않는다. 누동 마루 오리나무 아래 그만 걸음이 멎는다. 구장은 그냥 선달의 뒤를 바틈이 따라가며 연방 뭐라고 말리는 모양이나 대꾸도 없이 선달은 활깃세를 쓰며 앞만 보고 그저 내닫더니 영세네 마당에 발을 들여놓기가 바쁘게 소리를 지른다.

"영세."

개가 세 마리씩이나 짖으며 우르르 밀려나온다.

"영세 있나?"

"영세."

세 번 만에야 밀창이 밀리며 영세의 머리가 기웃하더니,

"아 선달님 오래간만이십니다." 하고, 대 아래로 쫓아 내려와 인사를 한다.

"나 자네 좀 볼일이 있어 왔네."

"네 그러세요? 들어오시지요."

영세는 사랑 곁으로 손을 내밀어 인도한다.

"아니, 들어갈 것두 없어. 집이나 물러 주게."

"이 사람 취언두 웬. 술두 몇 잔 안 허구 그리 취해? 어서 들어가 담배나 한 대 붙여 가지구 가세."

구장은 선달의 옷소매를 붙들고 사랑 쪽으로 이끈다.

"이 사람 왜 붙들구 이래 자꾸. 취허긴 누가 취했다구. 어서 집 물러 주게."

"참 취허셨군요 선달님."

하긴 하면서도 영세는 자못 불쾌한 태도다.

"취허다니! 집을 물러 내라는데"

선달은 정색을 하고 영세의 옆자락을 낚챈다. 어인 까닭인지를 몰라 말없이 영세는 선달을 노려본다.

"집을 물러 달라는데 자네가 나헌테 도리어 눈을 부릅떠? 허

이거 세상이!"

"아니, 대체 어떻게 하시는 말씀입니까?"

영세도 눈이 길쭉해지더니 정면으로 마주 선다.

"하, 눈을 부릅뜨구 마주 선다! 이놈 너 그래 마주 섬 어떡헐 테냐"

버썩 나서며 선달은 영세의 멱살을 붙든다.

"아니 이게 무슨 행패란 말이오? 해방이 됐다니까 괜히 모두들……"

"머야? 행패? 해방이 됐다니까? 그래 해방이 돼서 넌 잘허는 일이 머냐 나라는 어떻게 되든 제 배만 불렸음 되구, 촌중은 어떻게 되든 저만 잘살았음 그만이로구나. 고이헌 놈 하늘이 내려다본다 이놈."

선달은 멱살을 붙든 손에 힘을 주어 버쩍 당긴다.

"아니 남의 멱살은 무슨 까닭으루 붙들구 이래요? 내가 영감네 집을 억지루 빼앗는단 말요? 하 참, 별일 다 보겠네, 집을 판다구 내놨기 샀는데……"

"집을 판다고 내놨기 샀는데? 이놈 너 무슨 까닭으루 동네 집들은 돌이거며 다 사들이니? 너만 집 쓰구 살 테냐? 이놈 매양 하는 버릇이…… 응, 이놈 이놈아! 내가 집을 왜 파는지 몰라? 이놈 이놈아! 학병으루 지원 안한 놈은 하나두 안 죽었구나 글쎄? 이놈아 이놈아 가슴이 터진다 이놈아!"

선달의 팔은 와들와들 떨린다. 영세도 여기엔 할 말이 없는 듯이 충혈된 눈만을 꺼벅실 뿐 아무런 대꾸가 없다.

"이놈아, 내 아들이 죽었구나. 이놈아, 이놈아 이놈아, 내 아들이 죽어서? 진수란 놈이 죽어서? 이놈아 이놈아, 진수란 놈이? 진수야아 진수야아!"

목이 찢어지는 듯이 기를 쓰며 발악을 부리더니 별안간 선달은 눈을 뒤어쓰며 뒤로 나가 쓰러진다. 기를 앗긴 모양이다.

"아, 아니 이게 무슨 여 여보게 선 선달 선달!"

싸움을 말리노라 서서 어르다니던 구장은 어쩔 줄을 모르고 선달의 팔을 잡아당긴다.

"아부님 아부님! 정신을 차리세요. 네? 아부님!"

순이도 달려와 떨리는 손으로 시아버지의 어깨를 거칠게 흔들며 달래나 흰 자위만으로 뒤어쓴 눈이 그저 무섭게 마주 올려다볼 뿐, 아무러한 응냄도 없다.

동네 사람들이 몰려와 사랑으로 안아다 눕히고 냉수를 떠다가 얼굴에 뿌린다 사지를 주무른다 갖은 짓을 다 해 보았으나 선달은 종시 피어나지를 못하고 그대로 세상을 떠나고 말았다.

"잘 죽었지. 외아들 죽이구 더 삼 무슨 낙을 보려구."

"암 잘 죽구 말구."

"아들을 따라 갔구먼."

"불쌍헌 건 며느리야."

숙덕이는 동네 사람들의 이야기에 순이의 가슴은 더한층 미어지는 듯하였다. '나는 왜, 그이를 따라 가지 못할까. 아니, 그이는 정말 죽었을까.' 하염없이 내리는 눈물을 순이는 걷잡지 못한다.

백치(白痴) 아다다

 질그릇이 땅에 부딪치는 소리가 났다고 들렸는데, 마당에는 아무도 없다. 부엌에 쥐가 들었나? 샛문을 열어 보려니까, "아, 아, 아이, 아아, 아야!" 하는 소리가 뒤란 곁으로 들려온다. 샛문을 열려던 박씨는 뒷문을 밀었다.
 장독대 밑. 비스듬한 켠 아래, 아다다가 입을 헤벌리고 납작하니 엎더져 두 다리만을 힘없이 버지럭거리고 있다. 그리고 머리 편으로 한발쯤 나가선 깨어진 동이 조각이 질서 없이 너저분하게 된장 속에 묻혀 있다.
 "아이구테나! 무슨 소린가 했더니 이년이 동애를 또 잡았구나! 이년아! 너더러 된장 푸래든 푸래?"
 어머니는 딸이 어딘가 다쳤는지 일어나지도 못하고 아파하는 데 가는 동정심보다 깨어진 동이만이 아깝게 눈에 보였던 것이다.
 "어, 어마! 아다아다, 아다, 아다아다……."
 모닥불을 뒤집어쓰는 듯한 끔찍한 어머니의 음성을 또다시 듣게 되는 아다다는 겁에 질려 얼굴에 시퍼런 물이 들며 넘어진 연유를 말하여 용서를 빌려는 기색이나 말이 되지를 않아 안타까워한다.

아다다는 벙어리였던 것이다. 말을 하렬 때에는 한다는 것이 아다다 소리만이 연거푸 나왔다. 어찌어찌 가다가 말이 한 마디씩 제법 되어 나오는 적도 있었으나 그것은 쉬운 말에 그치고 만다. 그래서, 이것을 조롱 삼아 확실이라는 뚜렷한 이름이 있음에도 불구하고, 누구나 그를 부르는 이름은 아다다였다. 그리하여 이것이 자연히 이름으로 굳어져, 그 부모네까지도 그렇게 부르게 되었거니와, 그 자신조차도 "아다다!" 하고 부르면 마땅히 들을 이름인 듯이 대답을 했다.

"이년까타나 끌이 세누나! 시켠엘 못 가갔으문 오늘은 어드메든디 나가서 뒈디고 말아라, 이년아! 이년아!"

어머니는 눈알을 가로세워 날카롭게도 흰자위만으로 흘기며 성큼 문턱을 넘어선다.

아다다는 어머니의 손길이 또 자기의 끌채를 감아쥘 것을 연상하고 몸을 겨우 뒤재비꼬아 일어서서 절룩절룩 굴뚝 모퉁이로 피해 가며 어쩔 줄을 모르고 일변 고개를 좌우로 둘러살피며 아연하게도, "아다, 어, 어마! 아다, 어마! 아다다다다다!" 하고 부르짖는다. 다시는 일을 아니 저지르겠다는 듯이, 그리고 한번만 용서를 하여 달라는 듯싶게. 그러나, 사정 모르는 체 기어코 쫓아간 어머니는, "이년! 어서 뒈데라. 뒈디기 싫건 시집우루 당당 가가라. 못 가간······?"

그리고 주먹을 귀 뒤에 넌지시 얼메고 마주선다.

순간, 주먹이 떨어지면? 하는 두려운 생각에 오싹하고 끼치는 소름이 튀해논 닭같이 전신에 돋아나는 두드러기를 느끼는 찰나, '턱' 하고 마침내 떨어지는 주먹은 어느새 끌채를 감아쥐고 갈짓자로 흔들어댄다.

"아다, 어어, 어마! 아, 아고, 어, 어마!"

아다다는 떨며 빌며 손을 몬다. 그러나 소용이 없다. 한 번 손을 댄 어머니는 그저 죽어 싸다는 듯이 자꾸만 흔들어 댄다. 하니, 그렇지 않아도 가꾸지 못한 텁수룩한 머리는 물결처럼 흔들리며 구름같이 피어나선 얼크러진다.

그래도, 아다다는 그저 빌 뿐이요, 조금도 반항하려고는 않는다. 이런 일은 거의 날마다 지내보는 것이기 때문에 한대야 그것은 도리어 매까지 사는 것이 됨을 아는 것이다. 집의 일이 아무리 꼬여 돌아가더라도 나 모르는 체 손 싸매고 들어앉았으면 오히려 이런 봉변은 아니 당할 것이, 가만히 앉았지는 못했다.

선천적으로 타고난 천치에 가까운 그의 성격은 무엇엔지 힘에 부치는 노력이 있어야 만족을 얻는 듯했다. 시키건, 안 시키건, 헐하나, 힘차나, 가리는 법이 없이 하여야 될 일로 눈에 띄기만 하면 몸을 아끼는 일이 없이 하는 것이 그였다. 그래서 집안의 모든 고된 일은 실로 아다다가 혼자서 치워놓게 된다. 그러나 어머니는 그것이 반갑지 않았다. 둔한 지혜로 차부 없이 뼈가 부러지도록 몸을 돌보지 않고, 일종 모험에 가까운 짓을 하게 되므로, 그 반면에 따르는 실수가 되려 일을 저질러 놓게 되어 그릇 같은 것을 깨쳐먹는 일은 거의 날마다 있다 하여도 옳을 정도로 있었다.

그래도, 아다다의 힘을 빌지 않고는 집안 일을 못 치겠다면 모르지만, 그는 참례를 하지 않아도 행랑에서 차근차근히 다 해줄 일을 쓸데없이 가로맡아선 일을 저질러 놓고 마는 데 그 어머니는 속이 상했다.

본시 시집을 보내기 전에도 그 버릇은 지금이나 다름이 없어, 벙어리인데다 행동까지 그러하였으므로 내용 아는 인근에서는 그를 얻어 가려는 사람이 없었다. 그리하여, 열아홉 고개를 넘기도록 처묻어 두고 속을 태우다 못해 깃부로 논 한 섬지기를 처넣어 똥 치듯 치워버렸던 것이 그만 오 년이 머다 다시 쫓겨와 시집에는 아예 갈 생각도 아니하고 하루 같은 심화를 올렸다. 그래서, 어머니는 역겨운 마음에 아다다가 실수를 할 때마다 주릿대를 내리고 참례를 마라건만 그는 참는다는 것이 그 당시뿐이요, 남이 일을 하는 것을 보면 속이 쏘는 듯이 슬그니 나와서 곁을 슬슬 돌다가는 손을 대고 만다.

바로 사흘 전엔가도 무명을 할 때 활짝 달은 솥뚜껑을 차부없이 맨손으로 열다가 뜨거움을 참지 못해 되는대로 집어엎는 바람에 그만 자배기를 깨쳐서 욕과 매를 한모태 겪고 났었건만 어제 저녁 행랑 색시더러 오늘은 묵은 된장을 옮겨 담아야 되겠다고 이르는 말을 어느 겨를에 들었던지 아다다는 아침밥이 끝나자 어느새 나가서 혼자 된장을 퍼 나르다가 그만 또 실수를 한 것이었다.

"못 가간? 시집이! 못 가간? 이년! 못 가갔음 죽어라!"

붙잡았던 머리를 힘차게 휙 두르며 밀치는 바람에 손에 감겼던 머리카락이 끊어지는지 빠지는지 무뚝 묻어나며 아다다는 비칠비칠 서너걸음 물러난다.

순간, 어찔해진 아다다는 넘어지지 않으려고 애써 버지럭거리며 삐치는 다리에 겨우 진정을 얻어세우자, "아다 어마! 아다 어마! 아다 아다!" 하고, 다시 달려들 듯이 눈을 흘기고 섰는 어머니를 향하여 눈물 글썽한 눈을 끔벅 한 번 감아 보이고, 그리고 북쪽을 손가락질하여, 어머니의 말대로 시집으로 가든지 그렇지 않으면 죽어라도 버리겠다는 뜻으로 고개를 주억이며 겁에 질려 어쩔 줄을 모르고 허청허청 대문 밖으로 몸을 이끌어냈다. 나오기는 나왔으나, 갈 곳이 없는 아다다는 마당귀를 돌아서선 발길을 더 내놓지 못하고 우뚝 섰다.

시집으로 간다고는 하였으나, 아무리 생각해도 남편의 매는 어머니의 그것보다 무섭다. 그러면 다시 집으로 들어가나? 이번에는 외상 없는 매가 떨어질 것 같다. 어디로 가야 하나? 갈 곳 없는 갈 곳을 짜보니 눈물이 주는 위로밖에 쓸데없는 오 년 전 그 시집이 참을 수 없이 그립다.

추울세라, 더울세라, 힘이 들까, 고단할까. 알뜰살뜰히 어루만져 주던 시부모, 밤이면 품속에 꼭 껴안아 피로를 풀어 주던 남편. 아, 얼마나 시집에서는 자기를 위하여 정성을 다하던 것인고? 참으로 아다다가 처음 시집을 가서의 오 년 동안은 온 집안의 사랑을 한몸에 받아왔던 것이 사실이다.

벙어리라는 조건이 귀에 들어맞는 것은 아니었으나, 돈으로 아내를 사지 아니하고는 얻어볼 수 없는 처지에서 스물여덟 살에 아직 장가를 못 들고 있는 신세로 목구멍조차 치기 어려운 형세이었으므로 아내를 얻게 되기의 여유를 기다리기까지에는 너무도 막연한 앞날이었다.

벙어리이나 일생을 먹여줄 것까지 가지고 온다는 데 귀가 번쩍 띄어 그 자리를 앗길까 두렵게 혼사를 지었던 것이니, 그로 의해서 먹고 살게 되는 시집에서는 아다다를 아니 위할 수가 없었던 것이다. 그러한 가운데 또한 아다다는 못하는 일이 없이 일 잘하고, 고분고분 말 잘 듣고, 조금도 말썽을 부리는 일이 없었다. 그래서 생활고가 주는 역겨움이 쓸데없이 서로 눈독을 짓게 하여 불쾌한 말만으로 큰소리가 끊일 새 없이 오고 가던 가족은 일시에 봄비를 맞는 동산 같이 화락의 웃음에 꽃이 피었다.

원래, 바른 사람이 못 되는 아다다에게는 실수가 없는 것이 아니었으나, 그로 의해서 밥을 먹게 되는 시집에서는 조금도 역겹게 안 여겼고, 되레 위로를 하고 허물을 감추기에 서로 힘을 썼다. 여기에 아다다가 비로소 인생의 행복을 느끼며 시집가기 전 지난날 어머니 아버지가 쓸데없는 자식이라는 구실 밑에, 아니, 되레 가문을 더럽히는 앙화(殃禍) 자식이라고 사람으로서의 푼수에도 넣어 주지 않고 박대하던 일을 생각하고는 어머니 아버지를 원망하는 나머지 명절목이나 제향 때이면 시집에서는 그렇게도 가 보라는 친정이었건만 이를 악물고 가지 않고 행복 속에 묻혀 살던 지나간 그날이 아니 그리울 수가 없을 게다.

그러나, 그날은 안타깝게도 다시 못 올 영원한 꿈속에 흘러가고 말았다.

해를 거듭하며 생활의 밑바닥에 깔아 놓았던 한 섬지기라는 거름이 차츰 그들을 여유한 생활로 이끌어, 몇 백 원이란 돈이 눈앞에 굴게 되니 까닭없이 남편 되는 사람은 벙어리로서의 아내가 미워졌다.

조그만 실수가 있어도 눈을 흘겼다. 그리고 매를 내렸다. 이 사실을 아는 아버지는 그것은 들어오는 복을 차 버리는 짓이라고 타이르나, 듣지 않았다. 그리하여, 부자간에 충돌이 때때로 일어났다. 이럴 때마다 아버지에게는 감히 하고 싶은 행동을 못 하는 아들은 그 분을 아내에게로 돌려 풀기가 일쑤였다.

"이년 보기 싫다! 네 집으루 가거라."

그리고, 다음에 따르는 것은 매였다. 그러나, 아다다는 참아가며 아내로서의, 그리고 며느리로서의 임무를 다했다.

이것이 시부모로 하여금 더욱 아다다를 귀엽게 만드는 것이어서, 아버지에게서는 움직일 수 없는 며느리인 것을 깨닫게 된 아들은 가정적으로 불만을 느끼게 되어 한 해의 농사를 지은 추수를 온통 팔아가지고 집을 떠나 마음의 위안을 찾아 주색에 돈을 다 탕진하고 물거품같이 밀려 돌다가 동무들과 짝지어 안동현(安東縣)으로 건너갔다.

그리하여, 이 투기적인 도시에 무젖어 노동의 힘으로 본전을 얻어선 '양화'와 '은떼루'에 투기하여 황금을 꿈꾸어 오던 것이 기적적으로 맞아나기 시작하여 이태 만에는 2만 원에 가까운 돈을 손에 쥐고 완전한 아내로서의 알뜰한 사랑에 주렸던 그는 돈에 따르는 무수한 여자 가운데서 마음대로 흡족히 골라가지고 집으로 돌아왔다.

그리고는, 새로운 살림을 꿈꾸는 일변 새로이 가옥을 건축함과 동시에 아다다를 학대함이 전에 비할 정도가 아니었다. 이에는, 그 아버지도 명민하고 인자한 남부끄럽지 않는 뻐젓한 새 며느리에게 마음이 쏠리는 나머지 이미 생활은 걱정이 없이 되었으니 아다다의 깃부로서가 아니라도 유족한 앞날의 생활을 내다볼 때 아들로서의 아다다에게 대하는 태도는 소모도 마음에 거슬리는 것이 없었다. 그리하여, 시부모의 눈에서까지 벗어나게 된 아다다는 호소할 곳조차 없는 사정에 눈감은 남편의 매를 견디다 못해 집으로 쫓겨오게 되었던 것이니, 생각만 하여도 옛매 자리가 아픈 그 시집은 죽으면 죽었지 다시는 찾아갈 생각이 없었던 것이다.

그래서, 집에 있게 되니 그것보다는 좀 헐할망정, 어머니의 매도 결코 견디기에 족한 것이 아니다. 그리고, 그것은 날마다 더 심해만 왔다. 오늘도 조금만 반항이 있었던들, 어김없이 매는 떨어지고 말았을 것이다. 그러나, 어디로 가나? 아무리 생각을 해 보아야 그저 이 세상에서는 수롱이네 집밖에 또 찾아갈 곳은 없었다.

수롱은 부모 동생조차 없는 삼십이 넘은 총각으로, 누구보다도 자기를 사랑하여 준다고 믿는 단 한 사람이었다. 그리하여 쫓기어날 때마다 그를 찾아가선 마음의 위안을 얻어 오던 것이다.

아다다는 문득 발걸음을 떼어 아지랑이 얼른거리는 마을 끝 산턱아래 떨어져 박힌 한 채의 오막살이를 향하여 마당귀를 꺾어돌았다.

　수롱은 벌써 일 년 전부터 아다다를 꾀어 왔다. 시집에서까지 쫓겨난 벙어리였으나, 김초시의 딸이라, 스스로도 낮추 보여지는 자신으로서는 거연히 염을 내지 못하고 뜻 있는 마음을 속으로 꾸여 가며 눈치를 보여 오던 것이, 눈치에서보다는 베풀어진 동정이 마침내, 아다다의 마음을 사게 된 것이었다.

　아이들은 아다다를 보기만 하면 따라다니며 놀렸다. 아니, 어른들까지도 "아다다, 아다다" 하고, 골을 올려서 분하나, 말을 못하고 이상한 시늉을 하며 두덜거리는 것을 봄으로 행복을 느끼는 듯이 손뼉을 치며 웃었다.

　그래서, 아다다는 사람을 싫어하였다. 집에 있으면 어머니의 욕과 매, 밖에 나오면 뭇 사람들의 놀림, 그러나 수롱이만은 자기를 사랑하는 것이었다. 아이들이 따라다닐 때에도 남 아니 말려 주는 것을 그는 말려 주고, 그리고, 애에 터질 듯한 심정을 풀어 주는 것이었다.

　그리하여, 아다다는 마음이 불편할 때마다 수롱을 생각해 오던 것이, 얼마 전부터는 찾아다니게까지 되어 동네의 눈치에도 어느덧 오른지 오랬다.

　그러나, 아다다의 집에서도 그 아버지만이 지체를 가지기 위하여 깔맵게 아다다의 행동을 경계하는 듯하고, 그 어머니는 도리어 수롱이와 배가 맞아서 자기 눈앞에 보이지 아니하고, 어디로든지 달아났으면 하는 눈치를 알게 된 수롱이는 지금에 와서는 어느 정도까지 내어놓다시피 그를 사귀어 온다.

아다다는 제 집이나처럼 서슴지도 않고 달리어오자마자 수롱이네 집 문을 벌컥 열었다.

"아, 아다다!" 수롱은 의외에 벌떡 일어섰다.

"너 또 울었구나!"

울었다는 것이 창피하긴 하였으나, 숨길 차비가 아니다. 호소할 길 없는 가슴속에 꽉 찬 설움은 수롱이의 따뜻한 위무가 어떻게도 그리웠는지 모른다. 방안에 들어서기가 바쁘게 쫓겨난 이유를 언제나같이 낱낱이 고했다.

"그러기 이젠 아야, 다시는 집으루 가디 말구 나하구 둘이서 살아, 응?"

그리고, 수롱은 의미 있는 웃음을 벙긋벙긋 웃으며 아다다의 등을 척척 뚜드려 달랬다. 오늘은 어떻게 해서든지 자기의 것으로 영원히 만들어 보고 싶은 욕망에 불탔던 것이다. 그러나, 아다다는, "아다, 무, 무서! 아바, 무, 무서! 아다, 아다다다!" 하고, 그렇게 한다면 큰일난다는 듯이 눈을 둥그렇게 뜬다. 집에서 학대를 받고 있느니보다는 수롱의 사랑 밑에서 살았으면 오죽이나 행복되랴! 다시 집으로는 아니 들어가리라는 생각이 없었던 바도 아니었으나, 정작 이런 말을 듣고 보니, 무엇엔지 차마 허하지 못할 것이 있는 것 같고 그렇지 않은지라 눈을 부릅뜨고 수롱이한테 다니지 말라는 아버지의 말이 연상될 때 어떻게도 그 말은 엄한 것이었다.

"우리 둘이 달아났음 그만이디 무섭긴 뭐이 무서워."

"……"

아다다는 대답이 없다. 딴은 그렇기도 한 것이다. 당장 쫓기어 난 몸이 갈 곳이 어딘고? 다시 생각을 더듬어볼 때 어머니의 매는 아버지의 그 눈총보다도 몇 배나 더한 두려움으로 견딜 수 없이 아픈 것이다. 먼저 한 말이 금시 후회스러웠다.

"안 그래? 무서울 게 뭐야. 이젠 아야 가지 말구 나하구 있어 응?"

"응, 아다, 이이, 있어, 아다, 아다." 하고, 아다다는 다시 있자는 말이 나오기를 기다렸던 듯이, 그리고 살길은 찾기었다는 듯이, 한숨과 같이 빙긋 웃으며 있겠다는 뜻을 명백히 보이기 위하여 고개를 주억이며 삿바닥을 손으로 톡톡 뚜드려 보인다.

"그렇지 그래, 정 있으야 되 응?"

"응, 이서, 이서, 아다, 아다!"

"정말이야?"

"으, 응, 저, 정, 아다, 아다."

단단히 강문을 받고 난 수롱이는 은근히 솟아나는 미소를 금할 길이 없었다.

벙어리인 아다다가 흡족할 이치는 없었지만, 돈으로 사지 아니하고는 아내라는 것을 얻어 볼 수 없는 처지였다. 그저 생기는 아내는 벙어리였어도 족했다. 그저 일이나 도와주고 아이들, 딸이나 낳아 주었으면 자기는 게서 더 바랄 것이 없었다.

아내를 얻으려고 십여 년 동안을 불피풍우 품을 팔아 궤 속에 꽁꽁 묶어둔 일백오십 원이란 돈이 지금에 와서는, 아내 하나를 얻기에 그리 부족할 것은 아니나, 장가를 들지 아니하고 아다다를 꼬여 온 이 유도, 아다다를 찜으로 돈을 남겨서, 그 돈으로 가정의 마루를 얹자는 데서였던 것이다. 이제 계획이 은근히 성공에 가까워 옴에 자기도 남과 같이 가정을 이루어 보누나하니 바라지도 못하였던 인생의 행복이 자기에게도 이제 찾아오는 것 같았다.

"우리 아다다."

수롱이는 아다다의 등에 손을 얹으며 빙그레 웃었다.

"아다 다다."

아다다도 만족한 듯이 히쭉 입이 벌어졌다.

그날 밤을 수롱의 품안에서 자고 난 아다다는 이미 수롱의 아내 되기에 수줍음조차 잊었다. 아니, 집에서 자기를 받들어 들인다 하더라도 수롱을 떨어져서는 살 수 없으리만큼 마음은 굳어졌다. 수롱이가 주는 사랑은 이 세상에서는 더 찾을 수 없는 행복이리라 느끼었던 것이다.

그러나 영원한 행복을 위하연 이 자리에 그대로 박혀서는 누릴 수 없을 것이 다음에 남은 근심이었다. 수롱이와 같이 삶에는, 첫째 아버지가 허하지 않을 것이요, 동네 사람도 부끄럽지 않은 노릇이 아니다. 이것은 수롱이도 짐짓 근심이었다. 밤이 깊도록 의논을 하여 보았으나 동네를 피하여 낯모르는 곳으로 감쪽같이 달아나는 수밖에는 다른 묘책이 없었다.

예식 없는 가약을 그들은 서로 맹세하고 그날 새벽으로 그 마을을 떠나 신미도라는 섬으로 흘러가서 그곳에 안주를 정하였다. 그러나 생소한 곳이므로 직업을 찾을 길이 없었다. 고기를 잡아먹고 사는 섬이라, 뱃놀음을 하는 것이 제 길이었으나, 이것은 아다다가 한사코 말렸다. 몇 해 전에 자기네 동네에서도 농토를 잃은 몇몇 사람이 이 섬으로 들어와 첫 배를 타다가 그만 풍랑에 몰살을 당하고 만 일이 있던 것을 잊지 못하는 때문이었다.

그렇지 않은지라, 수룡이조차도 배에는 마음이 없었다. 섬으로 왔다고는 하지만 땅을 파서 먹는 것이 조마구 빨 때부터 길러 온 습관이요, 손 익은 일이었기 때문에 그저 그 노릇만이 그리웠다.

그리하여, 있는 돈으로 어떻게, 밭날갈이나 사서 조 같은 것이나 심어가지고 겨울의 불목이와 양식을 대게 하고 짬짬이 조개나 굴, 낙지, 이런 것 들을 캐어서 그날그날을 살아갔으면 그것이 더할 수 없는 행복일 것만 같았다.

그러지 않아도 삼십 반생에 자기의 소유라고는 손바닥만한 것조차 없어, 어떻게도 몽매에 그리던 땅이었는지 모른다. 완전한 아내를 사지 아니하고 아다다를 꾀어 온 것도 이 소유욕에서였다. 아내가 얻어진 이제, 비록 많지는 않은 땅이나마 가져 보고 싶은 마음도 간절하였거니와, 또는 그만한 소유를 가지는 것이 자기에게 향한 아다다의 마음을 더욱 군게 하는 데도 보다 더한 수단일 것 같았기 때문이다.

그런데다, 본시 뱃놀음판인 섬인데, 작년에 놀구지가 잘되었다 하여 금년에 와서 더욱 시세를 잃은 땅은 비록 때가 기경시라 하더라도 용이히 살 수까지 있는 형편이었으므로, 그렇게 하리라 일단 마음을 정하니, 자기도 땅을 마침내 가져 보누나 하는 생각에 더할 수 없는 행복을 느끼며 아다다에게도 이 계획을 말하였다.

"우리 밭을 한 뙈기 사자. 그래두. 농살 허야 사람 사는 것 같디. 내가 던답을 살라구 묶어둔 돈이 있거던." 하고, 수롱이는 봐라 하는 듯이 실겅 위에 얹힌 석유통 궤 속에서 지전 뭉치를 뒤져내더니, 손끝에다 침을 발라 가며 펄딱펄딱 뒤어보인다. 그러나, 그 돈을 본 아다다는 어쩐지 갑자기 화기가 줄어든다.

수롱이는 이상했다. 기꺼워할 줄 알았던 아다다가 도리어 화기를 잃은 것이다. 돈이 있다니 많은 줄 알았다가 기대에 틀림으로써인가?

"이거 봐! 그래뵈두, 1천5백 냥(一百五十圓)이야. 지금 시세에 이천 평은 한참 놀다가두 떡 먹두룩 살 건데."

그래도 아다다는 아무 대답이 없다. 무엇 때문엔지 수심의 빛까지 역연히 얼굴에 떠오른다.

"아니, 밭이 이천 평이문 조를 심는다 하구, 잘만 가꿔 봐, 조가 열섬에 조짚이 백여 목 날 터이야. 그래, 이걸 개지구 겨울 한동안이야 못 살아? 그렇거구 둘이 맞붙어 몇 해반 벌어 봐? 그적엔 논이 또 나오는 거야. 이건 괜히 생……."

아다다는 말없이 머리를 흔든다.

"아니, 내레 이게, 거즈뿌레기야? 아 열 섬이 못 나?"

아다다는 그래도 머리를 흔든다.

"아니, 고롬 밭은 싫단 말인가?"

비로소 아다다는 그렇다는 듯이 머리를 주억거린다. 아다다는 돈이 있다 해도 실로 그렇게 많은 돈이 있는 줄은 몰랐다. 그래서, 그 많은 돈으로 밭을 산다는 소리에 지금까지 꿈꾸어 오던 모든 행복이 여지없이도 일시에 깨어지는 것만 같았던 것이다. 돈으로 위해서 그렇게 행복일 수 있던 자기의 신세는 남편(전남편)의 마음을 악하게 만듦으로, 그리고, 시부모의 눈까지 가리는 것이 되어, 필야엔 쫓겨나지 아니치 못하게 되던 일을 생각하면, 돈 소리만 들어도 마음은 좋지 않던 것인데, 이제 한푼 없는 알몸인 줄 알았던 수롱이에게도 그렇게 많은 돈이 있어 그것으로 밭을 산다고 기꺼워하는 것을 볼 때, 그 돈의 밑천은 장래 자기에게 행복을 갖다 주기보다는 몽둥이를 벼리는 데 지나지 못하는 것 같았고, 밭에다 조를 심는다는 것은 불행의 씨를 심는다는 것만 같았기 때문이다.

 아다다는 그저 섬으로 왔거니 조개나, 굴 같은 것을 캐어서 그날그날을 살아가야 할 것만이 수롱의 사랑을 받는 데 더할 수 없는 살림인줄만 안다.

 그래서, 이러한 살림이 얼마나 즐거우랴! 혼자 속으로 축복을 하며 수롱을 위하여 일층 벌기에 힘을 써야 할 것을 생각해 오던 것이다.

 "고롬 논을 사재나? 밭이 싫으문?"

 수롱은 아다다의 의견이 알고 싶어 이렇게 또 물었다. 그러나, 아다다는 그냥 고개만 주억여 버린다. 논을 산대도 그것은 똑같은 불행을 사는 데 있을 것이다. 돈이 있는 이상 어느 것이든지 간 사기는 반드시 사고야 말 남편의 심사이었음에 머리를 흔들어댔자 소용이 없을 것이었다. 그리하야, 그 근본 불행인 돈을 어찌할 수 없는 이상엔 잠시라도 남편의 마음을 거슬림으로 불쾌하게 할 필요는 없다고 아는 때문이었다.

"흥! 논이 도흔 줄은 너두 아누나! 그러나, 어려운 놈에게 밭이 논보다 나았디 나아." 하고, 수롱이는 기어코 밭을 사기로 그 달음에 거간을 내세웠다.

그날 밤. 아다다는 자리에 누웠으나 잠이 오지 않았다.

남편은 아무런 근심도 없는 듯이 세상 모르고 씩씩 아침부터 자내건만 아다다는 그저 그 돈 생각을 하면 장차 닥쳐올 불길한 예감에 잠을 이룰 수가 없었다. 이불을 붙안고 밤새도록 쥐어틀며 아무리 생각을 해야 그 돈을 그대로 두고는 수롱의 사랑 밑에서 영원한 행복을 누릴 수 있으리라고는 믿기지 않았다.

짧은 봄밤은 어느덧 새어, 새벽을 알리는 닭의 울음 소리가 사방에서 처량히 들려온다.

밤이 벌써 새누나 하니, 아다다의 마음은 더욱 조급하게 탔다. 이 밤으로 그 돈에 대한 처리를 하지 못하는 한, 내일은 기어이 거간이 밭을 흥정하여 가지고 올 것이다. 그러면 그 밭에서 나는 곡식은 해마다 돈을 불려 줄 것이다. 그때면 남편은 늘어가는 돈에 따라 차차 눈은 어둡게 되어 점점 정은 멀어만 가게 될 것이다. 그 다음에는? 그 다음에는 더 생각하기조차 무서웠다.

닭의 울음 소리에 따라 날은 자꾸만 밝아온다. 바라보니 어느덧 창은 희끄스름하게 비친다. 아다다는 더 누워 있을 수가 없었다. 옆에 누운 남편을 지그시 팔로 밀어 보았다. 그러나 움찍하지도 않는다. 그래도 못 믿기는 무엇이 있는 듯이 남편의 코에다 가까이 귀를 가져다대고 숨소리를 엿들었다.

씨근씨근 아직도 잠은 분명히 깨지 않고 있다. 아다다는 슬그머니 이불 속을 새어나왔다. 그리고 실경 위에 석유통을 휩쓸어 그 속에다 손을 넣었다. 그리하여 마침내 지전 뭉치를 더듬어서 손에 쥐고는 조심조심 발자국 소리를 죽여 가며 살그머니 문을 열고 부엌으로 내려갔다. 그리고는, 일찍이 아침을 지어 먹고 나무새기를 뽑으러 간다고 바구니를 끼고 바닷가로 나섰다. 아무도 보지 못하게 깊은 물속에다 그 돈을 던져 버리자는 것이다.

솟아오르는 아침 햇발을 받아 붉게 물들며 잔뜩 밀린 조수는 거품을 부걱부걱 토하며 바람결조차 철썩철썩 해안을 부딪친다. 아다다는 바구니를 내려놓고 허리춤 속에서 지전 뭉치를 쥐어들었다. 그리고는 몇 겹이나 쌌는지 알 수 없는 헝겊 조각을 둘둘 풀었다. 헤집으니 1원짜리, 5원짜리, 10원짜리 무수한 관 쓴 영감들이 나를 박대해서는 아니 된다는 듯이 모두들 마주 바라본다. 그러나, 아다다는 너 같은 것을 버리는 데는 아무런 미련도 없다는 듯이 넘노는 물결 위에다 휙 내어뿌렸다.

세찬 바닷바람에 채인 지전은 바람결 좇아 공중으로 올라가 팔랑팔랑 허공에서 재주를 넘어가며 산산이 헤어져, 멀리, 그리고, 가깝게 하나씩 하나씩 물 위에 떨어져서는 넘노는 물결 좇아 잠겼다 떴다 소꿉막질을 한다.

어서 물속으로 가라앉든지. 그러니 않으면 흘러 내려가든지 했으면 하고 아다다는 멀거니 서서 기다리나 너저분하게 물 위를 덮은 지전 조각들은 차마 주인의 품을 떠나기가 싫은 듯이 잠겨 버렸는가 하면, 다시 기웃거리며 솟아올라서는 물 위를 빙글빙글 돈다. 하더니, 썰물이 잡히자부터야 할 수 없는 듯이 슬금슬금 밑이 떨어져 흐르기 시작한다.

아다다는 상쾌하기 그지없었다. 밀려 내려가는 무수한 그 지전 조각들은, 자기의 온갖 불행을 모두 거두어가지고 다시 돌아올 길이 없는 끝없는 한바다로 내려갈 것을 생각할 때 아다다는 춤이라도 출 듯이 기꺼웠다.

그러나, 그 돈이 완전히 눈앞에 보이지 않게 흘러 내려가기지에는 아직도 몇 분 동안을 요하여야 할 것인데, 뒤에서 허덕거리는 발자국 소리가 들리기에 돌아다보니 뜻밖에도 수롱이가 헐떡이며 달려오는 것이 아닌가.

"야! 야! 아다다야! 너, 돈, 안 건새핸? 돈, 돈, 말이야 돈……?"

청천의 벽력 같은 소리였다. 아다다는 어쩔 줄을 모르고 남편이 이까지 이르기 전에 어서어서 물결은 휩쓸려 돈을 모두 거둬가지고 흘러 버렸으면 하나, 물결은 안타깝게도 그닐 그닐 한가히 돈을 이끌고 흐를 뿐, 아다다는 그 돈이 어서 자기의 눈앞에서 자취를 감추어 버리는 것을 보기 위하여 그닐거리고 있는 돈 위에 쏘아박은 눈을 떼지 못하고 쩔쩔매는 사이, 마침내 달려오게 된 수롱의 눈에도 필경 그 돈은 띄고야 말았다.

뜻밖에도 바다 가운데 무수하게 지전 조각이 널려서 앞서거니, 뒤서거니, 둥둥 떠내려가는 것을 본 수롱이는 아다다에게 그 연유를 물을 겨를도 없이 미친듯이 옷을 훨훨 벗고 첨버덩 물속으로 뛰어들었다.

　그러나 헤엄을 칠 줄 모르는 수롱이는 돈이 엉키어 도는 한복판으로 들어 갈 수가 없었다. 겨우 가슴패기까지 잠기는 깊이에서 더 들어가지 못하고 흘러 내려가는 돈 더미를 안타깝게도 바라보며 허우적허우적 달려갔다. 차츰 물결은 휩쓸려 떠내려가는 속력은 빨라진다. 돈들은 수롱이더러 어디 달려와 보라는 듯이 획획 소꾸막질을 하며 흐른다. 그러나, 물결이 세어질수록 더욱 걸음발은 자유로 놀릴 수가 없게 된다. 더퍽더퍽 물과 싸움이나 하듯 엎어졌다가는 이러서고 일어섰다가는 다시 엎어지며 달려가나 따를 길이 없다. 그대로 덤비다가는 몸조차 물속으로 휩쓸려 들어갈 것 같아, 멀거니서서 바라보니 벌써 지전 조각들은 가물가물하고 물거품인지 지전인지도 분간할 수 없으리만치 먼 거리에서 흐르고 있다. 그러나, 그것도 한 순간이었다. 눈 앞에는 아무것도 보여지는 것이 없다. 획획 하고 밀려 내려가는 거품진 물결뿐이다.

　수롱이는, 마지막으로 돈을 잃고 말았다고 아는 정도의 물결 위에 쏘아진 눈을 돌릴 길이 없이 정신 빠진 사람처럼 그냥그냥 바라보고 섰더니, 쏜살 같이 언덕켠으로 달려오자 아무런 말도 없이, 벌벌 떨고 섰는 아다다의 중동을 사정없이 발길로 제겼다.

　"흥앗!"

　소리가 났다고 아는 순간, 철썩 하고 감탕이 사방으로 튀자 보니 벌써 아다다는 해안의 감탕판에 등을 지고 쓰러져 있다.

　"이, 이, 이……"

수룽이는 무슨 말인지를 하려고는 하나, 너무도 기에 차서 말이 되지를 않는 듯 입만 너불거리다가 아다다가 움찍하는 것을 보더니 아직도 살았느냐는 듯이 번개같이 쫓아내려가 다시 한 번 발길로 제겼다.

　"풍!" 하는 소리와 같이 아다다는 가꿉선 언덕을 떨어져 덜덜 덜 굴러서 물속에 잠긴다.

　한참만에 보니 아다다는 복판도 한복판으로 밀려가서 솟구어 오르며 두 팔을 물 밖으로 허우적거린다. 그러나, 그 깊은 파도 속을 어떻게 헤어나랴! 아다다는 그저 물 위를 둘레둘레 굴며 요동을 칠 뿐, 그러나, 그것도 한 순간이었다. 어느덧 그 자체는 물속에 사라지고 만다.

　주먹을 부르쥔 채 우상같이 서서 굽실거리는 물결만 그저 뚫어져라 쏘아보고 섰는 수룽이는 그 물속에 영원히 잠들려는 아다다를 못 잊어 함인가? 그러지 않으면 흘러버린 그 돈이 차마 아까워서인가? 짝을 찾아 도는 갈매기 떼들은 눈물겨운 처참한 인생 비극이 여기에 일어 난 줄도 모르고 '끼약 끼약' 하며 흥겨운 춤에 훨훨 날아다니는 깃 치는 소리와 같이 해안의 풍경만 도웁고 있다.

별을 헨다

 산도 상상봉 맨 꼭대기에까지 추어올라 발뒤축을 돋워 들고 있는 목을 다 내빼어도 가로놓인 앞산의 그 높은 봉은 눈 아래 정복하는 수가 없다.

 하늘과 맞닿은 듯이 일망무제로 끝도 없이 마안히 터진 바다, 산 너머 그바다, 푸른 바다, 고향의 앞바다, 아아 그 바다, 그리운 바다. 다시 한 번 발가락에 힘을 주어 지긋 뒤축을 들어 본다. 금시 키가 자랐을 리 없다. 역시 눈앞에 우뚝 마주 서는 그놈의 산봉우리.

 "으아."

 소리나 넘겨 보내도 가슴이 시원할 것 같다. 목이 찢어져라 불러 본다.

 "으아."

 그러나, 소리 또한 그 봉우리를 헤어넘지 못하고 중턱에 맞고는 저르릉 골 안을 쓸 데도 없이 울리며 되돌아와 맞는 산울림이 켠 아래서 낙엽 긁기에 배바쁜 어머니의 가슴만을 놀래 놓는다.

 별안간의 지랄 소리에 어머니는 흠칫 놀라고 갈퀴를 꽁무니 뒤로 감추며 주위를 둘러 살핀다. 소리의 주인공을 찾는 모양이다. 어머니의 귀에는 사람의 입에서 나오는 큰 소리가 총소리보다도 더 무섭게 들린다.

집이라고 가마니 한 겹으로 겨우 둘러싼 산경의 단칸 초막, 날은 추워 온다. 겨울 준비가 없을 수 없다. 그러나 산등성이에 자연히 자라난 풀도 금단의 영역에 속한다. 풀이 없으면, 눈비의 사태질이 산 밑의 집들을 위협하는 줄을 모르느냐는 핏줄 서린 눈알이 엄한 호령과 같이 군다. 가슴이 뜨끔거리는 낙엽 긁기다.

위로와 도움은 못 드릴망정 부질없는 고함 소리로 어머니를 놀래이었다. 자기인 줄을 알려야 할 텐데 어서 알리고 싶어 몸짓을 하며 몸을 내빼어 보나 어머니가 그 형용을 알아줄 리가 없다. 눈을 둘러주다가 자기의 그림자를 산상에서 찾고는 긁어 모은 낙엽도 모르는 체 그대로 버리고 슬며시 돌아선다. 필시 자기를 아침마다 호령하는 그 눈 붉은 사나이로 아는 모양이다.

"소나무 위에서 까치가 푸득 하고 날아만 나두 가슴이 막 내려앉는 것 같구나! 글쎄."

어제 아침에도 낙엽을 한 아름 긁어 안고 들어오며 한숨과 같이 허리를 펴는 어머니의 말을 무어라 받아얄지 몰랐다.

귀국한 지가 일 년, 지난 겨울이 곱돌아 오도록 집 한 칸을 마련 못하고 초막에다 어머니를 그대로 모신 채 이처럼 마음의 주름을 못 펴 드리는 자기는 구관을 제대로 가진 옹근 사람 같지가 못하다. 가세는 옛날부터 가난 했던 모양으로 아버지도 나와 한가지로 만주에서 시달리다가 돌아가셨다지만 제 나라에 돌아와서도 이런 가난을 대로 물려 누려야 하는 것이 자기에게 짊어

지워진 용납 못할 운명일까. 만주에서의 생활이 차라리 행복이었다.

노력만 하면 먹고 살기는 걱정이 없었고 산도 물도 정을 붙이니 이국 같지 않았다. 노력도 밎지 않는 고국, 무슨 일이나 인젠 하는 일이 내 일이다.

힘껏 하자, 정성껏 하자, 마음을 아끼지 않아 오건만 한 칸의 집, 한 자리의 일터에조차도 이렇게 정에 등졌다.

일본이 물러가고 독립이 되었다. 자기도 반가웠거니와 제 땅에 뼈를 묻게 된다고 기꺼워하시던 어머니, 아버지도 고토에 뼈 못 묻힘을 못내 한하셨다. 자기만 고토에 묻힐 욕심이 있으랴, 아버지의 유골도 같이 모시고 나가야 한다. 밤잠을 못 자고 무덤을 파서 뼈마디를 추려 가지고 나온 것이 산 사람의 잠자리도 정치 못하였다. 나올 때에 보자기에 싸 가지고 나온 그대로 어머니의 곁에서 초막살이다. 묻기야 어딘들 못 묻으련만 고국도 고향이 그렇게 그립다.

고향은 찻길이 직로라 차로 오자던 고향이 뱃길이 안전하다고 뱃길로 돌아왔다. 어디는 제 땅이 아니냐 아무 데나 내려서 가자, 인천에 와 닿고 보니 뜻도 않았던 삼팔선이 그어져 제 나라가 아닌 것처럼 남과 북이 제멋대로 굳었다. 그래도 내 땅이라 못 갈 리 없다고 삼팔의 경계선을 넘다가 빵하고 산상에서 터져 나오는 총소리에 기겁들을 하고 서성이다 보니 동행자 중 한 사람이 거꾸러졌다. 삼팔의 국경 아닌 국경을 넘기란 이렇게도 모험인 것을 체험하고, 고향이라야 일가친척도 한 사람 없는 그리

푸진 고향도 아니다. 어디를 가도 제 손으로 터를 닦아야 할 차비다. 서울도 내 땅이라 보퉁이를 풀어 놓고 터를 닦자니 날로 어려워만지는 생활, 겨울까지 눈앞에 떨어졌다.

초막의 추위는 지금도 고작이다. 밤새도록 담요 한 겹에 싸여 신음하는 어머니, 가슴이 답답하다. 시원한 바람이 그립다. 눈이 짝해지자 산을 탔다. 산을 타니 산바람이나 시원할까, 고향이 그립다. 배꼽줄이 떨어져서부터 놀던 바다, 고향의 앞바다, 푸른 바다, 시원한 바다, 그 바다나 마음껏 바라보았으면 바다 끝같이 가슴이 뚫릴 것 같다. 부질없이 봉우리를 추어올라 지랄을 부려 보니 마음이 후련할까, 아침이 늦었다고 시장기만이 구미를 돋군다.

마음이 배바빠 아침도 덤비어 치이기는 하였으나 쓸 데도 없는 호의에 걸음만이 더디다. 백 번 생각해도 그것은 실행할 일이 아닌 것을…….

진고개 너머 어떤 일본집에 수속 없이 제 집처럼 들어 있는 사람이 있는데, 정식 수속을 밟아 내쫓고 들어가게 해 준다고 부디 오늘 오정 안으로 만나자는 친구가 있다. 집이 없어 한지에서 겨울을 날 생각을 하면 마음이 으쓸하다가도 그러니 있는 사람을 내쫓고 들자니 생각을 하면 내쫓긴 사람이 역시 자기와 같은 운명에 놓여질 것이 아니 근심 일 수 없다.

자기도 처음 서울에 짐을 푼 것은 한지가 아니었다. 푸진 것은 아니었으나 그래도 일본집 다다미방 한 칸이 베풀어지는 호의를 힘입어 겨울을 나게 되었음은 다행이었다 할까. 해춘도 채 못

미처 수속이 없다 나가라고 하여 쫓겨난 이후로 이래 아홉 달을 한지에서 산다. 남을 한지로 몰아내고 그 집으로 들어가겠다고 눈을 감을 염치가 없다. 이런 기회는 몇 번이고 있었다.

비로소 듣는 이야기가 아니요 받아 보는 호의가 아니다. 일언에 거절을 하였더니, "이 사람아, 고양이 쥐 생각두 푼수가 있지 그런 맘 쓰다가는 이 세상에선 못 사네."

친구는 어리석은 생각임을 비웃는다.

"그런 얌전만 피다가는 자넨 금년 겨울에 동사하네 동사."

아닌 게 아니라 듣고 보니 그것이 말만이 될 것 같지도 않다.

"글쎄, 그 사람이 쫓겨나왔어두 집을 잡을 수가 있어야 말이지……."

"흥, 아, 그럼 자네처럼 제 집 없으면 한디에서 겨울 날 줄 아나. 그저 별 생각 말구 눈 딱 감구 내 말만 듣게. 집이 생길 게니."

친구는 승낙도 없는 상대방의 의견을 임의로 무시하며 혼자 약속을 하고 갔다.

해를 두고 마음을 바꾸며 사귄 친구도 아니다. 만주에서 나올 때 우연히 같은 배를 타게 되어 뱃간에서 사귄 것밖에 없는 교분이다. 복덕방을 뒤타 돌아가다가 어제 저녁 뜻밖에도 거리에서 만나 된 이야기다. 염려하여 주는 호의는 열 번 감사하다.

그러나 호의에만 맡겨지는 호의가 반드시 바른 길이라고 생각할 수는 없다. 욕심껏 마음을 제대로 누르고 살아오지는 못했을망정 제 뜻을 버리지 않고도 삼십을 넘어 살았다. 호의가 무시되는 나무람에 자재하여서는 안 된다. 복덕방을 찾아나가야 할 것이 오늘도 의연히 자기에게 던져진 떳떳한 길이다. 그러나 친구는 혼자 약속이라도 기다리기는 기다릴 눈치였다. 그를 거쳐 가는 것이 걸음의 순서는 된다. 결론을 짓고 나선다.

남대문 시장의 남미창정 어귀라고만 하여 놓은 것이 하도 사람이 안고 뒤여 좀해서는 찾을 수가 없다. 어른, 아이, 늙은이, 색시까지 뒤섞여 물건들을 안고 지고 밀치며 제치며 비비 튼다. 같이 비비고 끼어들어 보니 안쪽 구석으로 낯익은 그림자가 시야에 들어온다. 잠바 흥정이 붙었다. 친구는 양복 위에다 잠바를 입었다. 물건 주인은 값이 맞지 않는 모양으로 어서 벗으라고 잠바 앞섶을 한 손으로 붙들고 당긴다. 조금도 다라진 맛이 없는 것 같은 스물다섯이 채 되었을까 한 청년이다.

"안 팔다니! 팔백 원이면 제 시센데 시세를 다 줘두 안 팔아? 이건 누굴히야까시루 가지구 나와서."

친구는 눈을 매섭게 부릅뜨고 팔을 뿌리친다.

"글쎄, 그르켄 못 팔아요. 이천 원 다 줘야 돼요."

청년의 손은 다시 잠바로 건너간다. 친구의 눈은 좀더 매섭게 모로 빗기더니,

"받아요."

지전 묶음을 청년의 호주머니 속에 억지로 넣어 주고 돌아선다. 넣어 준 돈을 청년은 다시 꺼내 부르쥐고 뒤를 쫓는다.

"여보!" 친구의 옷자락을 붙든다

"누구야! 왜 붙들어? 바쁜 사람을……"

"인줘요."

"주다니, 뭘 줘?"

"잠바 말이에요."

"당신 정신 있소? 물건을 팔구 돈까지 지갑에 넣구 다니다가 딴 생각을 허구선…… 이건 누굴 바지저고리만 다니는 줄 알아? 맘대루 물건을 팔았다물렀다……"

몸부림을 쳐 청년의 붙든 손을 떨구고 떨어진 손을 와락 붙들어 이마빼기가 맞닿을이만치 정면으로 딱 당겨세우고 눈을 흘기며 가슴을 밀어젖힌다.

"이러단 좋지 못해, 괜히."

밀어젖힌 대로 물러난 청년은 더 맞잡이를 할 용기를 잃는다. 멍하니 친구를 바라보고만 섰더니 어처구니없는 듯이 뭐라고 혼자 중얼거리며 그래도 쥐고 있던 돈을 세어 보고 집어 넣는다. 무서운 판이었다. 총소리 없는 전쟁 마당이다. 친구는 이 마당의 이러한 용사 이었던가 만나기조차 무서워진다. 여기 모여 웅성이는 이 많은 사람들은 다 그러한 소리 없는 총들을 마음속에 깊이들 지니고 있는 것일까. 빗맞을까 봐 곁이 바르다.

"아, 여 여보!"

어서 이 자리를 떠나고 싶어 자기를 찾는 듯이 살피는 친구를 꾹 찔러 부른다.

"지금 왔소?"

"나 좀 바뻐 먼저 좀 가얄까봐. 기다리겠기에 들렀지."

"바쁘긴 내 다 아는 걸…… 글쎄 그래 가지군 백만 날 돌아다녀야 집 못얻는달 밖에. 난 아직 아침도 못 먹구…… 우리 점심 같이 허구 잠깐 집에 들려 옷 좀 갈아입고 나가세."

"아니, 정말 난……"

"글쎄. 이리 와요."

손목을 잡아끌어 앞세운다. 강박히 부딪칠 수가 없다.

점심이라보다 술이었다. 실로 얼마 만에 쇠고기 찜을 실컷 하고 확확 다는 얼굴을 느끼며 남산 밑을 돌아 후암동(厚岩洞)으로 따라간다. 어느 커다란 회사의 중역이 살던 숙사인 듯 반 양식의 빨간 기와집이다.

"이 집도 그렇게 얻었거든."

친구는 전령의 단추를 누른다. 꼭같은 알몸으로 보퉁이 한 개씩을 등에 걸머진 채 인천(仁川)에 내려서 헤어진 지 일 년, 친구의 살림은 벌써 틀이 잡혔다. 가구의 준비까지도 완비가 된 듯 장롱이니 의걸이니 놓아야 할 건 제대로 다 들여 놓았는데 놀랐다.

"팔백 원, 참 싸구나! 이건."

들고 온 잠바를 친구는 다다미 위에 내던진다.

"거긴 하루 한 때만 들러두 밥벌인 되거든. 일자린 없겄다. 쌀값은 비싸겄다. 그대로 댕그라니들 앉아서 배겨날 장사가 있나. 전재민이 가지구 나오는 물건이 여간 많은 게 아니야. 능지에서 자라난 풀대 모양으루 희멀쑥 한 얼굴이 물건을 제대루 내놓지두 못허구 옆에다 끼구선 비실비실 주변으로만 도는 걸 붙들기만 하면 그건 그저 얻는 폭이지. 잠바도 만주 건가 봐. 가죽이니 좀 좋아? 작자가 어리숭해 가지구 그래두 첫마디엔 안 놓아 주구 제법 쫓아오던데? 글쎄 외투루부터 저구리, 바지 차례루 다들 팔아자시군 쪽 발가벗고들 눈이 멀뚱멀뚱하여 누워서 천장에 파리똥만 세구 있는 사람 두 있대나? 하하, 자네도 이런 데 눈 뜨지 않으면 파리똥 세게 되네, 괘니."

"파리똥두 집이 있어야 헤지, 난 별만 헤네."

농으로 받기는 하였으나 친구의 상식과는 대재비가 되지 않는다. 기만 막히는 소리뿐이다.

"난 가겠네."

"아, 이 사람아! 같이 나가? 내 정말 한 놈 내쫓구 집 들게 해 준달 밖에."

"우리 단 두 식구 살 집 그리 커선 뭘 하나, 난 방이나 한 칸 얻을까봐."

"방은 그래 얻을 듯싶어? 보증금이 만 원두 넘는다네."

"방두 못 얻으면 이북(以北)으로 가지."

"저런! 이북선 누가 거저 집 주나? 다 저 헐 나름이라구. 여기서 못 살면 거기 가두 못 살아, 괘니 고집 부리지 말구 앉게."

"그래두 가는 사람이 많던데?"

"아, 가는 사람만 봤나? 오는 사람이 더 많은 건 못 보구. 이 좋은 시세에 서울서 못 살면 어디서 산다는 게여."

"아니, 정말 이러단 오늘두 참 내가……."

일어서는 옷자락을 친구는 붙든다.

"글쎄 앉아."

"놓아."

"앉으라니깐."

그래도 뿌리치고 기어코 돌아선다.

"저럼 반편이…… 태만 길러서!"

쫓아나와 중얼거리는 소리를 층층대를 내려서며 듣는다.

낮의 거리는 여전히 사람들의 발부리에 닦인다. 거리가 비좁게 발부리를 닦는 무리들, 허구한 날을 이렇게도 많을까. 겨레도 모르고 양심에 눈 감은 무리들은 골목마다에 차고, 땀으로 시간을 삭이는 무리들은 일터마다에 찼다. 차고 남아 거리로 범람하는 무리들이 이들의 존재라면, '반편이야 태만 길러서'의 축에 틀림없다.

이 반편의 축들은 다들 밤이면 별을 세다가 오라는 데도 없는 걸음이 이렇게도 싱겁게 배바쁜 것일까. 언제까지나 싸늘한 별을 가슴에다 부둥켜 안고 세어야 태 속에서 벗어나 거리에의 정리에 도움이 될까. 피난민 구제회의 알선으로 어떤 문화사에 이력서에 이력서를 내고 총무부장과의 인사 끝에 집이 있느냐고 묻기에 솔직히 대답한 한마디가 다 된 죽에 떨어진 코 격이었다. 기별이 있겠으니 그리 알라고 돌리어온 채 이래 반 년을 감감소식임이 문득 생각키우며 집이란 것이 사람으로서 존재의 인정을 받는 데 그렇게도 큰 역할을 하고 있는 것임을 새삼스럽게 느끼다가 펄럭이는 복덕방(福德房)의 휘장을 본다. 골목을 접어들다가 깜짝 놀란다. 별안간 총소리가 귓전을 때리는 것이다.

"타앙." 건설이냐 파괴냐.

"타앙."

연거푸 또 한 방. 아로새겨지는 역사의 페이지에 단 한 점 콤마점이라도 찍혀지는 역할일까. 분주히 눈을 둘러 살핀다. 시야에 들어오는 짐작이 없다. 어디서 날아났는지 기겁을 하고 공중에 뜬 까치 두 마리가 걸음아 날 살려라 몸이 무거움을 느끼는 듯이 깃부침만이 바쁘게 북악으로 날아 달릴 뿐, 언제나같이 평온한 골목이다. 거리에도 이상이 없다. 전차도 오고 간다. 자동차도 달린다. 사람들도 여전하다.

어디서 난 총소릴까. 듣고만 있을 총소릴까. 이윽고 밤도 아닌데 이마빼기에 쌍불을 달고 아앙 소리를 냅다 지르며 서대문 쪽을 향하여 종로 한복판을 질풍같이 달리는 한 대의 하얀 미군 구급차가 풍진이 일었다. 무슨 일인지 단단히 난 모양이다.

총소리와 관련된 차일까 생각을 더듬다가 또 골목으로 들어선다. 복덕방의 깃발이 헤기는 것이다.

"방 있습니까?"

"방 얻을 생각은 말아요."

안경 너머로 눈알이 삐죽하다 말고 맞붙은 장기판 위에 도로 떨어진다.

"그렇게도 없습니까?"

쓸데도 없는 소리를 되묻는다는 듯이 거들떠 보려고도 않고, 장훈이 소리만을 기세 있게 허연 수염 속으로 내뿜으며 무릎을 조인다. 다시 더 두 말이 긴치 않을 눈치다. 골목을 되돌아 나온다. 어디나 매일 반인 대답, 가을내나 다름이 없다. 싹도 찾을 수 없는 방, 날마다 종일을 품만 놓는 방이다. 마음도 지쳤거니와 다리도 지쳤다. 다시 뒤탈 생념에 정열이 빠진다.

찌뿌둥 흐린 날씨는 눈까지 빗는 것인가. 젊은 놈이야 한지에 선들 마뜩해 얼어야 죽으련만 어머니는 환갑이 넘었다. 정말 이북으로 가 보나 생각을하니 생각마다 간절한 이북이다.

아들이 돌아오는 발자국 소리가 그렇게도 기둘키었을까. 말라 까부러진 낙엽이 발밑에 바서지는 싸각 소리가 벌써 어머니의 귀에 스치었나 보다.

산곡을 접어들기가 바쁘게 반짝 초막에 불이 켜진다.

"진지 잡수셨어요?"

"오늘도 저물었구나. 집은 얻었네"

앉기도 전에 어머니는 냄비를 밀어 내놓는다. 저녁이었다. 밀가루 떡이네 개 소복이 담기었다.

"어머니 더 잡수시지요. 오늘두 집 못 얻었습니다."

"아이구 집이 그렇게 힘들어 어떻거간. 큰일났구나. 오늘은 너 들어오길 어떻게 기다렸는데."

전에 없던 한숨이 힘없이 길다.

"왜, 늘 벅작 고는 눈 붉은 사람 있디 않네? 그 사람이 곽쟁이(갈퀴)를 빼뜨러 갔구나!"

"네?"

"아까 저녁때 새를 또 좀 해 볼라구 나섰다가 그 사람헌테 붙들려서 욕을 보았구나. 방공호두 하두 많은데 하필 이 산 속에 들어백여 남꺼지 못살게 할라구 그르느냐구 눈을 부르대이누나."

"그러세요?"

"우리가 여기서 겨울을 난다면 산이 새빨개지구 말 터이니 봄에 나가면 산 아래 집들은 하나없이 사태에 묻히겠다구 어디서 거지 같은 것들이 성화냐구 막 욕을 퍼붓디 않갔네"

"욕을 퍼버요! 그래서요?"

"그래서 집을 얻는 중이라구 그랬더니 거지 쌈지 보구 누구레 집을 빌리리라구 하멘서 피난민 소굴루 가래누나. 당춘단이 소굴이라나……"

"네에, 그래요."

"이것 좀 보람 글쎄. 가두 당장 가라구 눈을 홀근댕이며 곽쟁이루 이 가마니짝들을 그러 댕겨서 다 떨어 놓지 않안? 그래서 내레 저녁 한곁을 돌아가멘서 데르케 잡아매 놨구나."

"네 알겠습니다. 아무래두 이북이 인심이 날까 봐요. 이북으루 떠나 가십시다. 어머니!"

"야. 봐라! 그 끔찍헌 삼팔선을 어드케 또 넘갔네."

"남들이라구 다 오구 가구 허겠어요?"

"그래 가는 사람두 있던? 머……"

"아, 있구 말구요."

"고롬 가자꾼 우리두. 위선 네 아버지 뻬다굴 처티허야디 그걸 어드케 늘 안구 있갔네. 그래 거긴 인심이 살기 도태던"

"여기같이야 허겠습니까."

"야 그롬 가자."

두 개 남았던 초를 밤이 깊도록 다 태우고 이튿날 아침 담요를 팔아 여비를 마련한 다음 밤차를 대어 어머니와 아들은 청단(靑丹)까지의 차표를 한 장씩 들고 서울역에 나타났다.

간단한 짐이었다. 아들은 하나 남은 담요에다 아버지의 유골을 덧말아 등에 지고 냄비 두 개에 바가지 하나는 어머니가 꿰어 들었다.

사람은 확실히 거리로 범람한다. 가는 곳마다 이렇게도 많을까. 정거장안도 촌보의 여지가 없이 들어찼다. 비비고 들어가 겨우 벤치의 한 자리를 뚫어 어머니를 앉히었다.

"아아니! 이게 공경골 아즈마니 아니요"

옆에 앉았던 여인의 눈이 둥그레서 어머니의 손목을 붙든다.

"너 박촌짓 딸 아니가?" 어머니도 알아본다.

아래윗 동네에서 살다가 만주로 들어가게 되어 서로 떨어졌던 고향 사람끼리 우연히도 여기서 만난다. 아들과 여인의 남편도 서로 알아본다.

"아. 이게 십 년 만이구나!"

감격한 악수가 손안에 다정하다.

"아니 그런데 아즈마니, 어드케 여기서 맞내요? 되따에선 원제 나오섰기……?"

"참, 넌 어드케 여기서 맞내네?"

"우린 지금 이북서 넘어와요. 살기가 너머 어려워서 듣는 말이 이남이도 타구 그래 강원도루 가는 길이에요."

"머이! 살기가 어려워? 우린 이북으로 가는 길인데……"

"이북으루요? 아이구, 갈렴 마르우, 잘사는 사람은 잘살아두 못사는 사람은 거기 가두 못살아요. 돈 있는 사람 덴답과 집들을 다 떼슴 멀 허갔소. 없던 사람들이 당사들을 해서 그만침은 또 다 잡아놨는데, 우리두 그른 당살 했음 돈 잡았디요. 우리 옥순이 아바진 그른 당사엔 눈두 안 뜨구 피익 픽 웃기만 허디요. 그르니 살기는 어려워만 가구 좀 허믄 그르케 힘든 국껑(국경)을 넘어오갔소"

"아이구 우리 아와 신통히두 같구나. 만주서 같이 나온 사람들은 야미 당사들을 해서 돈 모은 사람들이 많은데 우리 아가 그런 건 피익 픽 웃디 밥을 굶으맨서두. 거기두 고롬 그르쿠나 거저. 살기가 같을 바에야 멀 허레 그 끔즉헌 국껑을 넘어가간."

"그러믄요. 아이, 여기두 고롬 살기가 그르케 말째우다레 잉이? 머 광다부 광목(廣木)한 자에 삼십 원 헌다, 사십 원 헌다 허더니."

"우리 가제 와선 그르케두 했단다. 어즈께레 옛날인데 멀 그르네. 거기 집은 어드르니 그른데. 얻긴 쉬우니."

"쉽다니요! 발라요. 거저 집이라구 우명헌 건 내만 놓문 훌떡 훌떡 허디요. 그르기 어디 빈 간이 있게 그르우? 만주서 나와 집 찾는 사람두 있디요? 제 집 죄께 나서 어디 빈 간이나 있을까 허구 돌아가는 사람두 있디요, 머 촌이나 골이나 딱 같습두다. 난이에요, 난."

"여기두 그르탄다. 우린 집을 얻구 한디에서 내내 살았단다. 밥이라군 밀가루 떡만 먹구."

"여기두 고롬 그르케 집이 없어요! 것두 같수다레, 고롬?"

"글쎄 네 말을 들으니께니 집 없는 것꺼지 신통두 허게 같구나 참."

"아이, 괘니 넘어왔나 봐."

"우린 괘니 넘어갈라구 허구."

두 여인만이 서로 한심해하는 게 아니다. 사내들도 같은 말을 바꾸고는 난처해 마주섰다. 앉았던 사람들이 별안간 일어서며 웅성인다. 개찰이 시작되는 모양이다.

"어머니!"

"와 그르네."

"고향 가두 시언헌 건 없을까 봐요."

"글쎄 박촌짓 딸 네기(이야기) 들으니께니 그르태누나."

한심해서 서성기는 동안 승객들은 다 빠져나가고 개찰구는 닫긴다. 물 쎈 바다같이 갑자기 횅해진 대합실 안에 한기만이 쨍하게 휘이 떠돈다.

설수집(屑穗集)

닭

 겨울 밤에 국수 추렴이란 참 그럴듯했다. 게다가 양념이 닭고기요, 국물이 동치미일 때에는 더할 나위 없었다.

 이 겨울에도 마을 앞 주막에서 국수를 누르게 되자부터 욱이네 사랑에서 일을 하던 젊은 축들도 이 국수에다 구미를 또 붙이게 되었다. 자정이 가까워 배가 출출하게 되면 국수에 구미가 버쩍 동해서 도시일이 손에 당기지 않았다. 참다참다 못해서,

 "제기랄 또 한 그릇씩 먹구 보지."

 누가 걸핏 말만 꺼내도 이런 제의가 나오기를 기다리고나 있었던 듯이 모두들. "그래라, 제길 먹구 보자." 하고 일하던 손을 일제히 떼었다. 그리고는 우르르 주막으로 밀려 나가곤 했다.

 그러나 가마니 닢이나 치고, 새끼 발이나 꼬는 것을 가지고 밤마다 국수추렴이란 따지고 보면 곤란한 일이었다. 외상이라고는 하지만 설달 그믐까지는 세상 없어도 깡그리 갚아야 하는 것, 힘에 넘치는 부담인 것이다. 웃을 노릇이 아니었다. 그냥 계속 하잘 수가 없어서 다시 건명태개와 오징어마리로 환원을 하자는 축도 있었으나, 국수에 맛을 붙인 그들의 구미엔 그까짓 오징

어 마리나 명태개로서는 인젠 구미의 대상으로 되지 않았다. 그래도 어떻게 국수를, 하고 국수 먹을 방도만 강구해 오던 그들은 결국 이러한 안을 얻었다.

닭과 동치미는 누구의 집에도 있는 것, 국수는 사리로만 사다가 손수 말아 먹는 방법, 그것은 값으로 따져 보아도 오징어나 명태 마리의 비용에 비해 별로 대차도 없었던 것이다. 진작 이런 생각에 옹색하였음을 못내 한탄하면서 그날 밤부터 그들은 그 안을 실행하기로 하였다.

국수는 사리로만 주막에서 사다가 욱이네 집에서 말아 먹자, 밤마다 한 사람씩 돌림차례로 국수 여덟 사리에 김치 한 통, 닭 한 마리씩을 가져오면 된다. 어려운 일이 아니었다. 다만 문제거리인 것이 욱이었다. 욱이는 집 주인이니 욱이 몫은 빼어야 옳으냐 빼지 않아야 옳으냐 하는 데 있을 뿐이었다. 욱이 어머니는 밤마다 국수를 마는 시중을 들어야 할 것이니까 공몫이 당연하다고 하더라도 욱이의 경우는 그와는 달랐다. 주인이라고는 하지만, 같은 사랑방의 일꾼이요, 또 같은 친구들의 노름꾼이다. 도의로 해도 빠져서는 안 될 것인데, 욱이 어머니는 여기에 반대였다. 욱이는 일터인 사랑방을 제공한 주인이라는 것이 그 이유였다.

그러나 사랑방을 제공한 주인이라고는 하지만, 애초에 욱이 어머니가 사랑방을 자기네들에게 일터로 제공하게 된 것은 무슨 자기네들을 위하여서라기보다는 제 아들인 욱이를 위해서였음은 잘 아는 사실이다. 욱이는 일을 싫어했다. 손바닥에서 번

갯불이 일도록 일을 해도 시원치 않을 가정 형편인데 이건 밤낮을 가리지 않고 괜히 남의 일터에 가 앉아서 담배만 피우며 시시덕거리다가 밤이면 자정을 훨씬 넘어서야 돌아오곤 했다.

이런 욱이의 손에다 일을 붙잡혀 주기 위하여 마을돌이를 하지 못하게 하는 방편의 하나로 사랑방을 수리해 놓고 욱이와 가장 가까이 지내는 마을의 여덟 사람을 변동 청탁이나 하다시피 해서 모아 왔던 것이다. 생각하면 자기네들이 저희네 사랑으로 와서 욱이와 같이 일하는 것을 도리어 감사해야 할는지 모른다.

또, 사랑방에 밤마다 불을 넣는다고는 해도 그것은 자기네들의 일감에서 나오는 짚검부러기로도 충분함을 안다. 아니, 어떤 때에는 사랑방에는 넣고도 남아서 소죽을 끓이는 안방의 시량에까지 도움이 됨을 안다. 자기네들이 사랑방으로 밤마다 모인다고 해도 욱이네에게는 결코 손해 되는 일이 없다. 욱이 자신도 그것은 잘 안다. 그러나 모든 권한이 어머니의 손에 달린 욱이다. 욱이의 마음대로는 되는 것이 아니었다. 이런 욱이의 사정을 그들도 또 모르는 것이 아니었다. 다만 욱이 어머니의 소행이 불쾌한 게 문제일 뿐이었다.

그러나 욱이 어머니의 소행이 불쾌함을 참기만 한다면 그까짓 욱이 한 사람으로 해서 약간 부담이 더 돌아가게 된다는 것으로 실행을 못할 바는 아니었다. 그들은 결국 그 어머니의 소행이 미운 대로 욱이의 몫은 빼기로 하고 즉좌에서 여덟 사람이 턱을 낼 돌림 순서의 제비를 뽑았다.

재성이가 첫 차례였다. 박수로 환영을 하였다. 밤마다 국수턱은 순차로 돌아갔다. 여드레가 지나니 전원이 한 차례씩 돌아갔다. 그리고 다시 또 재성이 차례가 돌아왔다.

그러나 재성이는 자정이 가까워 와도 여느 때와 달리 아무 말도 없이 그저 잠자코 새끼만 꼬고 있었다. 사실 재성으로서 오늘 밤의 턱은 사정이 딱했다. 외상으로 가져오것다, 국수 열 사리는 문제가 아니었다. 금년에는 동치미도 넉넉히 담았다. 문제는 닭에 있었던 것이다. 예년만 하더라도 그렇지는 않았는데 금년에는 병아리 적에 족제비가 축을 많이 낸 데다 계역을 겪고 나서 여섯 마리밖에 통 닭이 없었다. 그런 걸 전차에 한 마리 잡아오고 이제 남은 것이 수탉 한 마리에 암탉이 꼭 네 마리, 오는 봄에도 네 배는 안겨야 그 한 해의 가용 닭이나 될 형편이다. 그래서 재성이 말이라면 무어나 거역하는 일이 없던 어머니까지도 요 전날 밤 닭을 잡아 주면서 더는 축내지 말라고 당부까지 하던 것을 재성이는 똑똑히 들었던 것이다. 닭을 한 마리 어디 근처에서 사 볼까도 했으나, 외상으로 닭을 사기는 그리 수월한 일이 아니었다. 어떻게 해야 할까, 그 처리 방법에 재성이는 밑이 무거웠던 것이다.

필경은 주위의 독촉을 받고야 일어섰다. 국수는 사리로 미리 낮에 부탁을 해 뒀던 것이다. 시간도 지체 없이 곧 날라왔다. 그리고 동치미 한 통을 날라오고는 시간이 좀 뜸해서야 암탉 한 마리를 안고 들어섰다.

바깥 날은 꽤 추운 모양이다. 재성이 코끝에는 콧물이 다 맺혀서 대룽거리고 있었다. 닭고기를 찢어서, 썬 동치미와 뒤버무려

가지고 짓이긴 마늘과 빨간 고춧가루를 끼얹은 윗덮기에, 기름이 동동 뜨는 닭 국물에다 동치미 국물을 쥐 탄 싱싱한 국이 양은 대접의 가장자리가 늠실거리게 담겨서 저마다의 앞에 한 그릇씩 놓였다.

바깥 외양간에서 새김질을 하던 암소의 하품 소리가 꺼지게 들리는가 하면, 울파주 엮음 사이로 스므드는 바람을 헤여 나느라고 또 쉿대잎이 떨리며 새삼 소리를 낸다. 방안에서는 국수사리를 국물과 함께 입안이 붕긋하게 베어물고 당기며 마시는 소리, 정취도 정취려니와 맛도 맛이었다. 사실 산촌의 농민들은 이러한 밤 이러한 정취 속에 국수와 같이 살이 지는지 모른다.

욱이 어머니는 국수 그릇에보다 뼈다귀 바가지로 먼저 손이 갔다. 살코기가 붙은 뼈다귀를 그저 버리기가 아까웠던 것이다. 이것저것 뼈다귀를 골라서는 이빨로 깎고 혀로 핥고. 양쪽 쭉지까지 다 깎고 핥고 난 욱이 어머니는 닭의 다리를 또 더듬어 들었다. 그리고 입가로 가져 가다가 문득 눈이 둥그레진다. 그 닭의 다리에는 가운데 장발가락이 한 가락 반이나 나가 짤리어서 뭉틀한 것이 자기네 씨암탉의 발가락과 흡사히도 같았던 때문이다.

한참이나 우두커니 들여다보던 욱이 어머니는 관솔가치에 성냥을 켜 대더니 부르르 바깥으로 나갔다.

"재성이 쌔끼 도죽놈으 쌔끼!"

이윽고 들어온 욱이 어머니는 들어서기가 바쁘게 재성이를 향하여 욕을 들입다 퍼부었다. 그것은 병아리 적에 쥐한테 물려서 발가락이 잘라졌던 자기네 씨암탉에 틀림이 없었다. 아무리 찾아 보아야 그 닭은 홰에 없었다.

"머라구요?"

"머라니, 이 도죽놈으 쌔끼 너 우리 닭 잡아 들여온 게 아니냐."

"아니, 아즈마니, 그럼 경위가 됐단 말이오? 욱이두 닭이나 한 마리 내야 경위가 옳지오."

"머야 이 도죽놈의 쌔끼, 악지가리질이."

"아니, 아즈마니, 거 무슨 말을 그렇게 하우, 도죽놈이라니오! 아즈마니 손으루 닭의 멱을 따서 아즈만네 솥에다 삶아서 아, 아즈마니 손으로 손수 날라다 주시군 날 도죽놈이래요."

딴은 그렇다. 욱이 어머니는 창졸간 더 할 말을 몰랐다. 한참 이나 머뭇거리더니,

"아니, 욱이 쌔끼 넌 귀때기가 썩어졌네? 족제비가 좀 와서 어 르다니기만 해두 닭이 홰에서 붓는 법인데 그걸 잡아낼 땐 끽소 리라두 질렀을 텐데."

"아즈마니 건 모르는 소리웨다. 손바닥을 쩍 벌려가지구 허리 춤으로 쑤서 넣어 뜻뜻한 배때기에다 한참 대고 있다가 그 뜻뜻 한 손을 닭의 면두에다 가져다 대면 얼었던 면두가 개완해서 그 저 꾸둑꾸둑 하고 도리어 목을 쓰윽 내뺀답니다. 그럴 적에 모가 지를 덤석 잡아당기어서 가슴에다 끌어 안으면 끽소릴 한마디 어디 질러 보기나 하나요, 아즈마니두 원 내 참."

천정배필

사월 스무닷새던가, 구월 초닷새던가, 좌우간 오(五)자가 하나 달린 날짜에 춥지도 덥지도 않은 계절이라는 것만은 틀림이 없는 것 같은데 도시 아리송해서 알 수가 없다. 오정 때는 기류계를 걷어간다고 꼭 그 안으로 써놓으라는 반장의 지시였건만, 아내의 생일 날짜가 썩 떠오르지 않았다.

아내의 생일 날짜는 언제나 이런 계출을 하게 될 적마다 말썽이었다. 왜 그리 자꾸만 잊히는지 들으면 듣는 그시뿐, 그 뒤로는 그저 까먹고 까먹고. 하여간 조상의 젯날과 가족들의 생일 날짜를 까먹는 데는 아마 내가 일등일 것이다. 가다가 아내가 부엌에서 송편을 빚거나 빈대떡이라도 부치는 기미가 보이면, "오늘이 또 무슨 날이오?" 해서, "당신은 나 아니면 조상의 제사도 못 지내요." 하는 핀잔을 받게 되는 때도 있었다. 그러면서도 웬일인지 맏이놈의 생일날만은 언제나 필요한 때면 거침없이 쑥 떠오르곤 했다. 그건 섣달 그믐날이라 아마 잊혀지려야 잊혀질 수 없는 특수한 날인 관계인지 모른다.

아무랬건 내 나쁜 기억도 기억이려니와, 원 무슨 가족의 성명 삼자와 생년월일을 적어 넣어야 하는 계출이 그리 많은지 아내는 곁에 없고 생일 날짜는 생각 안 나고 해서 독촉을 받게 될 적엔 화가 동하는 때도 있었다. 이번엔 6.25를 겪고 나서 동적부가 없어진 모양으로 응당 다시 기류계를 정비해야 되게는 되어 있지만.

아무리 생각해도 아내의 생일을 떠오르는 날짜가 이전에 쓰던 그 날짜 같지가 않았다. 그러니 식량을 바꿔 온다고 옷가지를 가지고 시골로 간 아내라 쉬이 돌아올 건 아니고 그대로 앉아서 붓방아만 찧다가 에라, 그까짓 생일을 제대로 똑똑히 적어 넣어선 무슨 필요가 있을거냐, 편할 대로 내 생일과 같이 적어 넣자, 그러면 언제나 이러한 경우엔 아내가 곁에 없어도 될게 아니냐, 생각을 하고 나니 바로 무슨 무거운 짐이나 졌다가 벗어 놓은것처럼 몸이 가벼워진다. 김성천(金性天)이라고 쓴 자기의 이름 곁에 가지런히 이혜자(李惠子)라고 이름을 써 놓고 비워 놓았던 생년월일란에다 3월 15일이라고 적어 넣은 자기의 생년월일과 나란히 꼭같게 3월 15일이라고 써넣었다.

계출을 해 놓고 보니 그건 참 그럴듯한 안이었다. 그 후 피난살이를 하며 돌아다니자니 기류계도 기류계려니와, 피난민증을 받는 데도, 또 자리를 뜨게 되면 뜰 때마다 퇴거계니 전출계니 또 무슨 배급이라 무어라 하여간 가족의 성명과 생년월일을 적어 바쳐야 하는 계출이 어떻게도 많았던 것인지, 그러면서도 나는 전과 같이 아내의 생년월일 때문에 조금도 머리를 쓰는 일 없이 이런 일을 대할 때마다 척척 그저 기록해 넣을 수가 있었으니.

그러나 아내는 그게 여간한 불평이 아니었다. 그렇게 자기의 생년월일을 잊곤 한다면 수첩에라도 기록해 두었다가 뒤져 보면 될 게 아니냐고 따지었으나, 그때는 미처 그런 생각도 못 했거니와 또 했댔자 모르는 생년월일을 어딘들 기입할 수 없었겠지만, 애당초 나는 수첩이란 가지지 않기로 한 사람이다. 수첩에

이것저것 기입해 두었던 비밀이 사람의 눈을 거치게 될 때 분하던 생각을 하면 수첩 생각만 하여도 끔찍했다. 일단 무슨 혐의만 받게 되어 경찰서에 들어서는 날이면 수첩은 공개되고야 마니까. 또 아내는 하필이면 왜 제 생일과 같이 자기의 생일을 집어넣는 것이 아니라 제 생일을 자기의 생일과 같이 집어넣는담 하고 볼 부은 소리도 하였으니 그까짓 건 마찬가지다. 만일 내가 내 생일을 모르고 아내의 생일만 알고 있더라면 그야 어련히 아내의 생일과 같이 내 생일을 집어넣었으리라고.

대체 문서상 생일이 정확하다는 게 무슨 필요성이 있단 말인가. 내가 아무 날 났다는 것을 내가 알고 있으면 그만이지, 또 모르면 어때? 편리하게 사는 게 제일이지.

피난지에서 서울로 다시 수복이 되어 환도를 하니 무슨 수속이 또 많았다. 우선 해야 할 것이, 가호적을 해가지고 피난민증과 서울시민증을 바꿔야 하는 것이었다.

그러나 별치도 않은 이런 수속이 그리 용이하지도 않았다. 양식대로 다 옳게 쓴다고 했는데 무에 틀렸는지 동회를 거치기까지 한 게 구청에서는 퇴짜였다. 퇴짜를 맞고 나니 퇴짜를 맞는 그 자체부터가 불쾌도 하였지만, 그 퇴짜를 맞기까지 구청 복도에 우두커니 서서 몇 시간이고 기다려야 하는 것이 맥살 나는 일이었다. 그래서 그 이튿날은 서류를 다시 정비해 가지고 사람이 나 좀 없을 때 가져다 낸다고 일찌감치 갖다 냈더니 서류를 한참 뒤적이며 들여다보던 계원은, "가만 있자, 이거 여보세요. 생일이 또 틀리지 않았습니까?" 하고, 접수구로 고개를 기웃했다.

"본적지도 가는 게 서분한데 생일마저 갈라고 그러슈?"

"아니, 그런 게 아니고요, 내외분의 생년월일이 꼭같아서 혹시 틀린 것이 아닌가 그래서 말입니다."

"그건 염려 놓으슈, 딴 건 몰라두 우리 가족의 생일은 내가 더 잘 알 것이니까요."

"으으 그러시겠지요. 참 천정배필이십니다. 동갑에 생일까지 같으니!"

"좌우간 생일만 틀리지 않았다면 딴 건 인제 틀린 건 없지요? 그럼 됐지뭘요."

떡

이웃에 사는 무슨 중령인가 한 이의 아들 여섯 살짜리가 요 며칠째는 매일같이 우리 집에 와서 다섯 살 난 내 손자놈 하고 얼려 논다.

오늘 아침도 내가 책을 뒤적거리고 있는데 중령의 아들이 손자놈을 찾으며 문을 열고 들어선다. 내 곁에서 책 뒤적이는 것을 보고 앉았던 손자놈은 중령의 아들이 들어와 앉기가 바쁘게, "이마, 이 책 봐, 우리 할아버진 책이 이렇게 많다!" 하고, 책장을 가리키며 자랑을 한다.

"그까짓 책만 많으면 제일이냐, 우리 아버지가 높은 사람이야." 하고 그는 목세를 쓴다.

"이마 책이 많아두 높은 사람이야. 우리 할아버진 책을 볼 땐 저렇게 안경을 낀다!"

"기까짓 안경. 우리 아버진 안경 없는 줄 아니."

"우리 할아버진 안경 둘이야. 밖에 나갈 땐 또 다른 안경을 껴."

"우리 아버진 또 부대루 갈 땐 권총을 차구 지프차를 타구 가아."

"지프차가 뭐 좋은 줄 아니, 합승이 좋지. 우리 할아버진 학교루 나갈 땐 늘 가방을 들구 합승을 타구 가아."

"합승? 합승은 누구나 타는 거야, 우리 아버진 중령이니까 지프차를 타는 거구."

순간 손자놈은 말문이 막힌다. 할아버지가 높은 사람인 줄을 알기는 아는데 남 다 타는 합승만 타는 할아버지라, 합승만 타는 그 이유의 해명에 궁한 모양이었다. 눈이 새침해서 무엇을 생각하는 듯하더니, 나의 턱밑에다 제 턱을 바짝 드려다 대며, "책 많은 사람두 높은 사람이지. 응 할아버지!" 하고 나에게 응원을 청한다.

"이마, 중령이 높은 사람이라니깐. 우리 엄마가 그랬다, 우리 아버진 중령이 돼서 높은 사람이라구. 그렇지요, 중령이 높은 사람이지요." 하고, 중령의 아들도 또 나에게 자기의 엄마 말이 참말이라는 것을 입증하여 달라는 듯이 내 앞으로 무릎을 바짝 한 걸음 다가앉는다.

자기네 어버이의 지위를 높이 가짐으로 그것을 자기네들의 자랑으로 삼으려고 서로 지지 않으려는 그들의 입론이 어쩌면 귀엽기도 해서 나는 아무 대꾸도 없이 속으로 웃고만 앉았노라니. 발칫목에서 제 꾸어진 양말 뒤축을 꿰매고 앉았던 식모아이가 불쑥 그들의 입론에 뛰어든다.

"넌 중령 위에 대령이 있는 줄 모르니? 밤낮 중령 중령 하고. 우리 성하(손자놈의 이름) 아버진 대령이라는 걸 알아야 해." 하니까, 중령의 아들은 금시 얼굴이 시무룩해지며 아무 말도 없이 눈을 푹 내려깐다.

"성하 아버지가 이제 미국서 돌아오면 너의 아버지는 성하 아버질 보기만 해도 기착을 딱하고 경례를 꼬박 붙여야 하는 판이야. 뭘 알기나 하고 그러니. 그러면 너의 엄마두 한풀 꺾이는 날이구." 하고, 재차 냅다 쏘아 놓으니. 눈을 여전히 내려깔고 듣고만 앉았던 중령의 아들은 그만 푸시시 일어나 문을 밀고 나간다.

"그 자식 약올랐나 보다!" 하고, 손자놈은 승리의 쾌감이나 느끼는 듯이 만면에 화기가 이럭거리고 있었다.

"약올랐음 어때, 난 걔 어머니가 밉상스러워서 그랬다. 저의 남편이 중령이라구 근처 여자들은 사람으루 보는 줄 아니 그게. 걔두 제 에미에게 듣구서 저의 아버지만 높은 사람이라구 뽐을 내며 돌아가지. 아이, 난 걔 어머닐 보면 구역질이 나아, 배퉁은 왜 그리 내밀구 흔들거리겠니, 이질이질하면서. 그건 누구나 만나도 인사법두 없다! 아마 이사온 지가 반년은 넘었을 거라. 그래두 근처 집 문턱에 발 한번 들여놔 본 적 없을걸." 하고, 식모아이는 괜히 저 혼자 흥분해서 두덜거리고 있었다.

그런 지 이틀이 지나선가였다. 중령 부인이 우리 집엘 찾아왔다. 쟁반에다 떡을 한 쟁반 듬뿍 담아서 꽃보자기를 씌워가지고 인사차로 왔노라고 했다.

이웃에서 떡이나 그런 별다른 음식을 마련하면 이웃간에 서로 들고 다니는 것이 인사였다. 그러나 이렇게 많이는 받아 본 적도 없고 또 주어 본 적도 없었다. 금방 삶아내서 담아 가지고 온 것 같은, 따뜻한 김이 모락모락 떠오르면 송편과 시루떡이 참으로 먹음직하였다.

　떡 쟁반을 받아 든 집사람은, 그 여자가 누구인 줄은 아지마는 언제 만나서 이야기는 고사하고 인사 한번 주고받아 본 적이 없었던 처지라, 송구스러워서 어떻게 인사를 해야 할지를 몰라 꽃보자기만 한 반 쯤 열어제친 그대로 부인의 얼굴만 멍하니 바라보고 있었다.

　"진즉 찾아뵌다는 게 이렇게 늦어서요. 어디 여느 댁과 달라서 맨손으로야 인사를 올 수가 있어야지요."

　"아이 무슨 천만에 이웃간에서. 떡을 이렇게 원 많이두…… 누구 애들의 생일이우?"

　"아녜요. 그저 좀 했지요. 그런데 대령님의 안부는 종종 들으세요?"

　'대령?'

　집사람은 누구를 두고 하는 말인지를 몰라 대답을 못하고 의아한 눈만을 둥그렇게 뜨고 부인을 바라보았다.

　"저 미국 가 계시는 대령님 말씀이에요."

　"미국 가 계시는 대령님."

　더더구나 알 수 없는 말이었다.

　"대령이라니! 미국 가 계시다니요! 누구 말이에요"

집사람은 의아한 눈이 한층 더 둥그레서 부인을 바라보았다.

"아니, 성하 아버지 되시는 이 말씀이에요. 그 대령님이 미국가 계시지 않아요?"

"내 아들이오? 내 아들이 대령! 미국은 웬 미국이오? 내 아들이야 육군 중사루 있다가 재작년에 제대가 되어서 지금은 학교 교사루 나가구 있는데요."

"녜! 아니 그럼 무슨 말을 개가……"

"글쎄 모를 일이군요. 우리 애야 대령이 다 뭐에요. 졸병으루 있었는데, 미국은 가서 공부를 하겠다고 요즘 벼르고는 있나 봅디다."

단식(斷食)

오늘 아침은 어쩐지 박군의 안색이 매우 좋지 않은 것 같기에 어디 몸이 편치 않으냐구 물었더니, 그저 "아닙니다." 하고 말을 피하려고 한다.

원래 책임관념이 센 박군이라, 일을 쉬기가 미안해서 불편한 몸을 억지로 참고 지탱을 해 가며 사무상을 지키고 앉았는 것은 아닌가 하여 정말 몸이 불편하면 퇴근을 하고 집으로 돌아가 편히 좀 쉬라고 하였더니, "녜, 뭐 괜찮을 거에요." 하고, 몸이 불편하다는 것을 긍정은 하면서도 그대로 앉아서 되고 있던 주판알만 그냥 되고 있었다.

"괜치않을 거라니 감긴가?"

"아녜요. 저 저 단식을 좀 합니다."

'단식!'

　나는 놀랐다. 4·19 이후 데모와 단식이 각 기관에서 한참 성히 유행을 하고 있는 차제라, 혹시 우리 회사에도 무슨 그런 무엇이 싹트고 있는 것은 아닌가, 짐짓 염려스럽기도 해서, "단식! 단식은 왜?" 하고, 박군의 태도부터 살피었더니, "녜, 뭐 제 집안 사정입니다." 하고, 원기라고는 한푼어치도 없는 것 같은 얼굴에 억지로 미소를 지어 보이면서, 1·4 후퇴 때 정주서 아버지 어머니 누이동생, 그리고 저까지 네 식구가 월남을 하다가 해주에 와서 한참 월남민이 밀리어 쏟아지는 바람에 그만 어디서 어떻게 되었는지 아버지를 분비통에 잃어버리고 찾다찾다 못해서 하는 수 없이 그냥 세 식구만이 월남을 한 이후, 어머니는 아버지가 생존에 계신지, 계시다면 부디 몸 평안히 계시다가 기회가 있는 대로 넘어오시도록 하라고, 이래 7, 8년을 하루같이 기도를 드려 오던 것인데, 요즘 와서는 남북통일론이 신문지상에 자주 오르내리는 것을 보시고는, 어서 남북통일이 되게 하여 달라고, 그리하여 하루바삐 남편을 만나게 하여 달라고, 이번에는 아버지의 생신날을 기하여 2, 3일 전부터 단식 기도를 한다는 말을 덧붙이고 나서, 그렇지 않아도 건강하지 못한 늙은 몸으로 장사를 하는 어머니가 사흘씩이나 단식을 하고 나니 맥이 한푼어치도 없이 즐거 돌아가실 것만 같아 단식을 중지하시라고 아무리 권해도 들으시지를 않아, 그러면 어머니의 단식을 중지하기까지 자기도 단식을 한다고 말씀을 드리고, 어머니의 단식 중지를 위한 단식을 자기도 어제 아침부터 시작했노라는 것이다.

말이 쉽지 장시일의 단식이란 쉬운 일이 아닐 것이다. 남편을 위한 아내로서의 단식이나, 어머니를 위한 자식으로서의 단식이나 이것이 모두 그 성의만은 무던하다 아니 할 수 없으나, 나는 그것이 옳은지 그른지는 모른다.

　무어라고 대꾸할 수도 없어서, "그래, 그렇다면 어서 돌아가 쉬게. 굶어서 어떻게 일을 보나. 어서 돌아가게." 하고, 퇴근을 권하였더니, "아닙니다. 사흘씩이나 굶으신 어머니도 매일같이 장에 나가서 장사를 하시면서 단식을 하고 계십니다. 저라고 일을 쉬면서 단식을 하겠습니까. 배가 아파서 그러지 그까짓 견디면 꽤 견디겠지요. 다섯 끼를 굶었더니 아마 회가 동하나 보지요. 회충산이나 이제 한 봉 사다 먹겠습니다." 하고, 박군은 또 예기없는 얼굴에 미소를 지어 보였다.

　'단식을 하면서 배가 아프니 회충산을 먹는다!'

　순간 나는 그의 단식의 의의에 놀라지 않을 수 없었다. 단식으로 위해서 오는 복통을 약으로 치료하면서 단식을 하여야 하는 단식! 어머니를 위한 그의 단식이 무던하게 생각되던 조금 전에 그를 대하던 나의 감정은 나도 모르게 얄미움으로 돌변해 옴을 어찌하는 수가 없었다.

　"무어 회충산을 먹어! 그게 무슨 단식인가?" 하고, 제결에 한마디 내 쏘았더니, "회충산쯤이야 괜치않지 않아요? 유명한 정치인들은 뭐 엥걸 주사를 맞으면서 꿀단지를 옆에다 놓구 단식들을 하였다는데요."

소설 못 쓰는 소설가

내일 모레가 정말 최종 마감이라고, 그날까지는 꼭 써 주어야겠다는 A지의 간곡한 부탁도 부탁이려니와, 너무도 여러 차례나 기일을 어긴 것이 내 자신 미안도 해서, 오늘은 무어든 한 삼십 장 끼적여서 색책을 하리라.

아침부터 책상을 대하고 마주 앉았으나, 언제나 마찬가지로 붓끝에는 흥이 실리지 않는다. 그야 목을 내대고 칼과 대결을 하자면 쓰고 싶은 이야기가 얼마든지 있다. 세상 되어가는 꼬락서니를 보면 가슴속에서 피가 부글부글 끓어 오른다. 그러나 기껏 그 주변이나 어이돌면서 눈치붓이나 들어야 하는이 붓이니, 이 붓 끝에 무슨 흥이 실릴 것인가. 일본의 식민지 백성 노릇을 할 때는 말하지 마자, 이정권 시대는 어떠했으며, 이정권이 무너진 오늘은 어떤가, 내 복부에 이상이 있어 어떤 한의에게 진찰을 받아 보았더니, 울화를 참으면 피가 복부로 모여서 그런 증상을 나타낸다는 진단이다.

쓰고 싶은 이야기를 쓰겠다고 버둥대다가는 차마 쓰지를 못하고 쓸 수도 없는 이야기를 가슴속에다 간직만 하게 되는 그 울화가 병의 원인이라면, 그리하여 하고 싶은 이야기를 금시라도 쓰게 된다면 복부에 서렸던 이 피가 온통 펜 끝으로 풀려 나오면서 복약도 아무것도 필요 없이 병은 거뜬하게 나을 것만 같기도 하건만. 답답하다 창변으로 다가앉아 미달이를 밀어 본다.

오월의 한낮 볕이 유난히 장그럽다.

'아니! 이런!'

내 눈이 뜨락 주위로 돌아가던 순간, 나는 내 눈이 놀라는 것을 느꼈다. 그리고 마음이 엄숙해지는 것 같음을 느꼈다. 거기 버려져 있는 풍경은 내가 아침 한나절 붓방아를 찧으며 생각하고 앉았던 내 머리속 풍경과는 너무 나도 대차적인 세상이었던 것이다.

고양이는 블록담 위에 모로 근더져서 꼭대기를 지치며 뒷다리를 들어 새끼들에게 젖을 내맡기고 졸고, 건넌방 마루 위에서는 주인집 할머니가 흐트러진 하얀 머리를 식모처녀의 무릎 위에다 되는대로 내어 맡기고 이를 잡히며 존다. 그리고 마당에 널어 놓은 메주 멍석 귀에서는 쥐 한 마리가 뒷다리에 힘을 주고 제지바듬이 서서 주위를 도록도록 살피다가는 고개를 까닥 거린다. 나는 얼빠진 사람같이 그저 멍하니 바라보았다.

바람이 울타리를 넘어 나비와 같이 넘어오며 장독대 곁에 핀 샛노란 개나리꽃 가지를 흔든다. 고양이도 할머니도 쥐도 슬며시 눈을 뜬다. 봄의 향훈이 대기 속에 흩어져 그들의 코로 흘러 드는 모양이다. 고양이는 피부가 늘어나는 데까지 마음껏 입을 벌려 하품을 한 번 하고 수염 끝에 스치는 향훈마저 핥아 드리는 것처럼 혀를 내밀어 휘이 좌우 수염을 핥아 드리고, 할머니는 사지가 늘어나는 듯하게 기지개를 켜며 네 활개를 주욱 펴고 벗듯 이나가 근더지고, 쥐는 뒷다리마저 꿇고 멍석 위에 코를 박는다.

고양이를 지척에 두고 조는 쥐, 쥐를 지척에 두고 조는 고양이 잡념이라고는 깡그리 잊은 평화의 경지다.

이러한 경지도 있기는 있구나 하는 생각이 들어 나도 뜰 안

한복판에 몸을 내던지고 저 분위기 속에 휩쓸려 모든 것을 깡그리 잊고 싶은 생각이 간절하여진다. 그리고 차라리 이 경지를 그대로 떠다가 A지에 주었으면 하는 생각도 든다. 쓰지도 못할 이야기를 쓰겠다고 버둥버둥 애를 써 보느니보다는.

참으로 쓸 수 없는 이야기를 써 보겠다고 버둥대며 애를 쓰다가는 속 깊이 간직만 하여 두고 붓대를 놓게 되는 그 울화의 집적이 병의 원인일까, 합승을 잡아 타고 또 거리로 나온다. 원고지와 마주 앉았다가는 항상 뛰쳐나오는 버릇 그대로다.

속이 클클할 때 뜨거운 커피 한잔은 참 좋다. 담배를 한 대 피워 문다. 옆 의자에 누가 와 앉는다. A지의 편집인이다.

"그러지 않아도 선생님이 나오셨나 해서……"

구체적인 이야기는 아니나, 이 말이 원고 독촉임은 말할 것도 없다.

"글쎄 지금도 원고를 써 볼까 하다가 답답해서 또 나왔지요."

"내일 모레까지가 정말 최종 마감입니다. 선생님 아직 점심 전이시지요?"

사실은 나도 시장기를 느끼고 있었다.

"오늘은 날이 제법 덥습니다. 냉면 생각이 나는데요."

밤 아홉시부터 복통이 일어난다. 이윽고 구토와 설사. 새로 두시가 넘기까지 십여 차나 변소를 드나들었더니 통 맥이 뽑히고 속이 부영거려서 그 이튿날까지도 일어날 수가 없었다. 다음날도 오정이 가깝도록 누웠다가 겨우 미음 한술을 마시고 머리를 들고 앉았노라니 A지의 편집인이 또 찾아온다. '내일 모레' 라던 원고 최종 마감일이 바로 오늘이라, 원고 때문일 것은 물을 것도 없다.

그러나 나는 여느 때에 원고를 못 썼다고 대답하던 때와는 달리 마음이 괴롭지 않게 대답할 수가 있었다. 그러지 않아도 원고를 못 썼을 것은 뻔한 일이었을는지 모르나 복통 때문에 못 썼다는 말은 거짓말이 아니었기 때문이다.

"그놈 그날 냉면이 탈인가 봐, 그만 제육을 빼랄걸 또 잊어버리고."

낚시질

난생 처음으로 당고 쓰봉에다 등산모까지 받쳐 쓰고 낚시 도구를 메고 나서니, 어쩐지 그저 어색한 것만 같아 마음이 활짝 펴이지를 않고 몸매에만 자꾸 눈이 간다. 더욱이 손때라고는 묻어 보지도 않은, 아직 칠이 채 글지도 않은 것 같이 반들거리는 새 다랭이가 처음으로 낚시질을 나서는 신출내기라는 것을 말해 주는 것 같아 거기에도 신경이 쓰여서 아는 사람들을 만나기만 하면 괜히 그저 낚시 다랭이를 이 손 저 손 바꿔 쥐게 만든다.

하긴 내가 낚싯대를 메고 나서게 되리라고는 내 자신조차도 참으로 생각지 못했던 일이다. 조군은 아마 자기의 권유에 내가 자기와 같이 낚시질을 나서는 줄로 알는지 모르나, 무슨 낚시질은 고상한 취미라거나, 건강에 어떻다거니 하고 권유를 하였으나, 나에겐 하등 관심이 없었다. 그저 나는 나대로 한번 하여 보고 싶은 충동을 새삼스럽게 받았을 따름이다. 어쩐지 요새 나는 사람이 싫어지며 무슨 우리에나 갇힌 것처럼 가슴이 답답함을 더한층 심절히 느끼게 되어 나를 온통 잊고 한번 살아 보고 싶은 생각이 나를 이 길로 이끌게 된 것 같다.

그러나 귀에 못이 박히도록 들어 온 조군의 낚시질 강의에 낚시질에 관한 약간의 지식을 얻게 된 것이, 이 길로 나서는 데 도움이 되었는지는 혹 모른다. 그리하여 조군이 애초에 낚시에 손을 아니 대었더라면 나 역시 그와 같이 낚싯대를 지금 메고 나서게 되지 않았을는지도 모른다.

사람이란 누구나 자기가 나선 길로 같이 나서는 짓을 반가워하거니와, 낚시질꾼처럼 반가워함을 나는 일찍이 본 일이 없다. 어제 다방에서 만나, 나도 내일부터 낚시질을 나서련다고 그 뜻을 전했더니, 아, 그 반가워하는 품이란……. 조군과 더불어 사귀어 오기 무릇 20여 년에, 그것도 거의 매일같이 마주 앉아 놀면서 슬픈 일이 있으면 같이 슬퍼하고 즐거운 일이 있으면 같이 즐거워하고 진심이라고 알게 마음을 털어놓고 지내왔지만 내가 낚시질을 나선다는 그 말을 듣고 반가워하는 그 표정은 실로 일찍이 그가 반가워하는 표정에서는 찾아볼 수 없던 그런 반가운 표정이었다. 이렇게 반가운 일이 어디 있을까 하는 그런 심정이 그 표현 속에 흔연히 서리어 있음을 나는 확실히 보았다.

나도 반가웠다. 고기 잡는 것을 본위로 삼고 나서는 낚시질꾼이야 어디 있으랴만, 그까짓 고기는 못 잡더라도 보기 싫은 것, 듣기 싫은 것 다 피하여 좋은 벗으로 더불어 수변에 나란히 앉아 자연인 그대로가 되어서 그날그날을 보내게 될 수 있다는 것만으로도 그건 우리의 생활 주변에선 일찍 맛볼 수 없었던 새로운 삶이 아닐 수 없을 것이다.

버스에서 내리니 행보로는 불과 십 분 미만에 낚시터인 장자못을 접어들게 된다. 조군은 선배답게 여기는 깊다느니, 저기는 얕다느니 하고, 또 수초가 많은 곳에서는 어떻게 해야 된다느니 하고 설명을 하며 앞장을 서서 걸어 내려갔다. 내려갈수록 낚시질꾼은 더 많이 앉은 것 같았다. 우리도 꽤 일찍이 나오느라고 서둘렀건만 벌써 나와 앉은 사람이 좌우의 뭇 주위에 얼마씩의 상거를 두지 않고 점재하고 있었다. 한참이나 그냥 걸어 내려가던 조군은 활직같이 구부정하게 패어 들어간 우무러진 곳에 이르자, 이미 그곳을 마음속에서 점치고 나왔던 것처럼 다짜고짜 거기에다 도구를 내려놓았다. 나도 따라서 그 곁에 앉았다.

"자." 하고, 조군은 낚싯대 케이스의 단추를 떼며 나를 바라본다.

"자, 우리 멀지시 앉세. 낚시질은 이렇게 가까이 앉아서는 재미없네. 더욱이 가까운 처지에서는."

알 수 있는 말이다. 그러면 자연히 이야기도 주고받고 하게 될 것이니까 낚시질에는 정신 통일이 잘 안 될 것임은 나도 잘 알고 있다. 그러나 그 반면에 우리로서 느낄 그 무엇이 있지 않을까. 오히려 그런 느낌 속에서 나는 날을 보내고 싶었다.

"무얼, 우리 여기 그저 가지런히 앉아서 같이 하게." 하고, 나도 케이스 단추를 같이 떼었다.

케이스 단추를 나도 따라서 떼는 것을 본 조군은 좀 당황해하는 기색이더니, "자넨 저기 저 아래로 내려가 앉게. 한참 내려가면 수초도 별로 없고 좋은 곳이 많이 있을 걸세." 하고, 좋다든 싫다든 이짝의 의견은 들어 볼 여유도 주지 않고 자기의 생각대로만 그저 훌쩍 일어서 도구를 걷어들고 총총걸음으로 왔던 길을 되올라 갔다.

평소에 낚시질을 그렇게도 권하던 조군이, 아니, 어제 낚시질을 나도 하기로 마음을 결정하였노라는 소리를 듣고는 그렇게도 반가워하던 조군이, 오늘 낚시질 터로 나를 급기야 데려다 놓고는 평소에 볼 수 없던 싹 하는 소리가 나는 것 같은 칼바람이 얼굴에서 일어난다.

조군의 이러한 거동을 보는 그 순간, 나는 장자못 가에 데려다 버림을 받은 존재 같은 느낌을 받았다. 나는 그대로 그 자리에 앉아서 낚시를 던졌다.

주름살 한 올이 안 잡히는 잔잔한 수면 위에 곤두선 두 개의 찌가 조용히 내 시야에서 가물거렸다. 해 뜨기 전에 나가야 큰 놈을 잡는다고 항상 붕어의 생리를 설명하던 서군은 지금에야 나온다.

"잘 물리나?"

"아직 맛도 못 봤네."

"그래! 위에서 들은 벌써 여러 마리씩 잡았던데. 조군은 일곱 치 가웃이나 될 놈을 한 마리 낚아 놓구." 하면서, 급한 듯이 걸음을 멈추려고도 아니하고 아래쪽으로 내려간다.

그러나 자기의 찌에는 여지껏 이상이 없다. 나는 낚시를 들어

보았다. 미끼도 물린 그대로 있다. 다시 낚시를 던지고 깻묵을 또 한 번 더 뿌렸다.

보면, 건넌짝에서들도 가끔 한 마리씩 들어내는 눈치요, 옆 어디선지는 모르나 머지 않은 자리에서는 어지간히 큰 놈을 낚는지 낚싯대를 꺾이었다고 수선거리고들 있는데, 참 이상도 했다. 자기의 낚시찌는 오정이 가깝도록 까딱도 않으니. 초수면은 고기를 낚지 못하고 놓쳐 버릴 우려는 있을는지 모르나, 초수의 낚시라고 통 고기가 아니 올 이치는 없을 게 아닌가. 깻묵이 약한가, 나는 깻묵을 또 한 줌 찌 가에 널찍이 쥐어뿌리고 다시 낚시를 들어 미끼를 검사해 보았다. 피라미새끼 한 마리 와선 건드려 보지도 않은 흔적이다.

"오늘 참 낚시질 풍세 좋습니다. 바람두 한 점 없구."

돌아다보니 이 변두리 사람인 듯한 풍채의 초로(初老)다.

"많이 잡으셨나요?"

"많인커녕 고기라곤 구경도 못 했소."

"아, 그러세요! 저 아래서들은 꽤 많이들 잡던데요. 어떤 젊은 친구가 낚시 세 틀을 가지고 하기에 한 대 달래서 잠깐 동안에 내가 큰 놈을 한 마리 잡아 주고 올라오지요." 하고, 그 초로는 내 옆에 쪼그리고 앉더니, 내 의견도 물어보지 않고 한짝 낚싯대를 집어 든다. 그리고 줄을 당기어 미끼를 검사해 보려고 더듬어 잡던 그는, "아니, 선생님 낚시질이 처음이로군요. 그러니까 고길 못 잡으셨지. 이 못물이 두 길도 넘는데, 요 지혜를 주어 가지고야 피라미 새낀들 집적거리겠어요!"

수심이 두 길로 넘는다는 물속에다 두 뼘 가웃의 지혜! 만일 이 시골 사람이 아니었더면 진종일을 그 두 뼘 가웃의 지혜를 그냥 달아 놓고 앉아서 고기가 물릴까 하고 기다리고 앉았을 것이 아니었던가, 생각하니 어처구니가 없었다.

"아, 그것두 신통히두 지혜가 같습니다그려. 아니, 수심이 두 길두 넘는데다! 아침 한나절을 괘니 눈씨름만 허시구."

"흐! 그게 다 세태 인심의 반영인가 봅니다."

동태(凍太)

 아니 아니 하면서 몇 잔 더 더 들었다고는 하나, 약주 되반을 셋이서 나누고 이렇게 다리가 휘청거려 보기는 처음이다. 지푸라기로 지느러미 짬을 꿰어 손가락에다 감아 쥔 두 마리의 동태가 휘청거리는 걸음 따라 손 끝에서 곤두춤을 춘다.

 달마다 월급날이면 한 잔씩 하는 것이 통례였고 아무리 군색해도 가족을 위하여 소고기 한 근씩은 사들고 들어갈 줄을 알던 것이, 오늘의 월급봉투는 서글프기 그지없었다. 그러지 않아도 월급으로는 그달그달을 살아갈 수가 없는 살림에, 이 봄에는 아이놈이 국민학교엘 들어간다, 입학금이니 교과서니, 이것저것 치다꺼리가 눈에 차지도 않는 것이, 사만 환의 봉급에서 삼만여 환이나 가불을 월초에 하였던 데다가 사원의 가족사망 위문금이니, 결혼 축하금이니 하는 것들을 제하고 나온 봉투는 얄팍하게 앞뒤가 착 달라 붙은 것이 손맛에서부터 마음이 선뜻하였다. 세어 볼 것도 없이 이천팔백오십 환밖에 들어 있지 않을 것은 뻔

한 일이었다.

'이걸 가지고 다섯 식구가 한 달을 살아야 한다!'

받아 든 봉투를 그는 넣으려고도 아니하고 그냥 들고 앉아서 눈을 내려 깔았다.

언제라고 예산을 세우고 살림을 하여 본 일이 있었던 것은 아니지만, 만환도 못 되는 이 봉투로 한 달을 살아가야 한다는 데는, 애초부터 절약이니 무어니 하고 생각해 볼 성질도 못 되었다. 예산 없는 생활이라, 따져 보면 못 살 것 같다가도 그래도 어떻게 꾸리어져 나가게 되는지 기적적으로 한달을 넘어가고 또 한 달을 넘어가고 해서 그 한 해를 넘기어 오곤 했으나.

이제부터는 이런 기적조차도 딱 스톱이 되고 말 것 같았다.

오는 달 열흘만 되면 그 뒤에는 또 어찌 되든 가불을 할 셈치더라도 남은 이달을 채우고 그 열흘까지 보름 동안은 살아가야 할 것이 막연하였다.

그러나 묘책이 있을 리 없다. 결론은 역시 기적을 바라고 되는 대로 살아 갈 도리밖에 없다. 발 잔등에 떨어진 불부터 또 꺼 가며 보자, 내일 아침 양식이 없으니 천구백 환 정도는 우선 떼어 쌀 닷 되는 들여 놓아야 이달은 살겠고. 또 전차비가 있어야 출근을 할 테니, 저녁에 집으로 돌아갈 때는 걸어간다 치더라도 보름 동안에 열다섯 장 칠백오십 환은 가져야 한다. 이천팔백오십 환에서 이천육백오십 환을 제하고 나니 남는다는 게 또 돈 이백 환, 약주 한 잔도 친구들과 나눌 여유가 없다.

이런 때면 제법 술꾼이나처럼 비위가 동하는 약주, 내가 언제 이렇게 술 맛을 알았던가 스스로 쓴 침을 삼키며 앉았다가 퇴근 시간이 되어 동료들과 함께 밀려 나왔던 것이, 봉투들은 제대로 다들 골라서도 그래도 월급날 섭섭하지 않느냐고 농담이 되어, 셋이 어울려 술집으로 들어가 남의 술로나마 울적한 마음을 다소 풀기는 하였으나, 월급날이면 잊어 본 일 없던 가족을 위한 소고기 한 근 생각이 간절도 하였다. 그래도 자기는 어쩌다가 오늘 저녁처럼 이렇게 밀려다니게 되면 빈대떡이나 곰탕 그릇이 생기게 되는 때가 있지만 집에 파묻혀 있는 가족들은 날이면 날마다 그날을 그날처럼 까야 하는 게 김치조각 뿐이다. 동태국이라도 한 끼 끓여 먹여야 하겠다. 술집에서 나오자 종점 시장으로 들어가 동태 두 마리를 사서 들었던 것이다.

'청산도 절로 절로, 녹수도 절로 절로'

여전히 휘청거리는 다리에 진정을 얻지 못하고 중얼중얼 미아리고개를 비틀거리며 추어 오른다.

별안간 휙 하고 모진 바람이 옆에서 일어난다. 그와 동시에 무엇이 몸을 스치는 것 같은 느낌이었다. 손이 허전하다. 내려다보니 손에는 동태가 없었다.

"어렵쇼"

술에 젖은 게슴츠레한 눈에 힘을 주어 뜨고 고개를 제껴 앞을 내다보았다. 한 대의 지프차가 저만치나 앞에서 질풍같이 내닫고 있었다.

"어렵쇼, 동탤!"

연월(煙月)

술기운이 몸에 얼근히 젖어 들면 어린 자식이 한층 더 귀여워진다. 인제 애빈 줄을 제법 알아보고, 방안에 들어와 앉기만 하면 벌레벌레 기어와 무릎을 파고들며 벙긋거린다. 그럴 때면 정말 통으로 깨물어 보아도 만족할 것 같지 않았다.

뺨을 들입다 빨다가는 말랑거리는 엉덩이를 파악팍 두들겨서 울리기까지 한 일도 있다. 그래도 마음은 개운하지 않다. 지금도 기어드는 자식의 뺨을 빨다가, 엉덩이를 두들기다가, 뒤쳐업었다. 사랑하는 자식과 더불어 정릉 부근으로 산책이나 하자는 것이었다.

아직 술은 취하는 도중에 있나 보다. 들어올 때보다도 좀더 다리가 휘청거려진다. 진정할 수 없는 다리가 애비에게는 괴로운 일일는지 모르나 업힌 자식에게는 더할 수 없는 즐거움이다. 엎어질 듯 엎어질 듯, 더구나 돌부리를 차고는 끄덕 하고 앞으로 쏠리어 허튼 걸음을 되는대로 비뚝실 땐, 그것이 왜 그리 좋은지 꺄드득 꺄드득 아주 여무지게 웃어댄다.

아버지는 꺄드득거리는 자식의 웃음소리가 더할 수 없이 귀엽다. 위태로운 걸음은 좀더 위태로워진다. 꺄드득거리는 소리에 흥이 실리는 모양이다.

위태로운 걸음이 돌부리를 찼다. 뒤뚝 하고 몸이 모로 쏠린다. 잔등엣것이 공중 쏟아져 땅 위에 떨어진다. 왼쪽 눈초리가 지츠러졌나 보다. 거기서 피가 흐른다. 아버지는 하하 웃고 아무렇지도 않은 듯이 흐르는 피를 손바닥으로 문질러 자기의 양복 엉덩

이짝에 쓰으슥 비비고 "어비, 어비." 달래며 다시 뒤쳐 업는다. 걸음은 여전히 위태롭다. 몇 걸음 안 가서 뒤뚝 하더니 아이는 또 공중 빠져 떨어진다. 이번에는 상처가 나타나지는 않았으나 다치긴 어디 단단히 다친 모양이다. 울음소리가 숨이 넘어가는 듯 자지러진다.

아버지는 "어비" 소리를 또 연방 지르며 뒤쳐 업는다. 뒤뚝, 뒤뚝, 이리로 쏠렸다 저리로 쏠렸다 골목길 좌우 변두리를 뒤쓴다. 자식은 울음을 뚝 그친다. 또 떨어질 것 같이 위태롭게 몸을 일며 뒤뚝거려도 아버지의 등은 맛이 있나 보다. 울던 아이 같지도 않게 꺄드득 웃음이 또 터진다. 웃음 소리에 아버지의 마음은 그냥 즐겁다. "어허 이 자식, 이 이 자식이!" 아버지의 다리에는 좀 더 흥이 실린다. 내어디디는 걸음이 넓직넓직 활발하다.

그럴수록 등어리의 자식은 웃음이 여무지다. 더할 수 없이 즐거운 표현이리라. "이 자식아, 이 자식아." 아주 흥에 실려 비뚝시다가 그만 뒤뚝 모로 또 쓰러진다. 아버지는 그대로 그 자리에 쓰러졌고, 자식은 그 옆 개울에 거꾸로 떨어져 들어갔다. 개울 옆의 돌담에 맞부딪쳤게 말이지 그렇지 않았더면 얼마나 더 멀찍이 나둥그러졌을는지 모른다. 진창물에 처박힌 아이의 주위로 벌건 핏물이 줄기 따라 퍼진다. 어디 상처가 난 모양이다. 가겟집 부인이 뛰어 나와 아이를 건지려는 아버지를 밀어내고 손수 들어내어 가슴에 안는다. 취한 아버지를 신용할 수 없었던 것이다.

아버지는 자식을 받아 들려고 하나 부인의 자식을 건네지 않는다. 아이는 감탕투성이 그대로 부인의 가슴에 안겨서 그냥 다리를 버둥거리며 운다. 피는 왼쪽다리 복숭아뼈 짬 부근에서 났다. 아이를 받아 들려고 자꾸만 내미는 아버지의 손을 부인은 한사코 물리친다. 아이도 아버지의 품으로 건너가겠다고 악을 쓰나 부인은 응하지 않는다.

"안 되겠어요. 댁이 어디세요? 제가 댁까지 안아다 드릴게요."

"천만에! 이리 주세요."

"아녜요. 선생님은 취하셨어요. 아이를 못 업습니다."

"못 업으나마나 당신이 남의 자식을 무슨 상관이오. 이리 줘요?"

아버지는 아이를 안은 부인의 팔을 붙든다.

"글쎄 선생님은 아이를 또 메칩니다. 어서 제게 맡기고 같이 댁으로 가세요."

"아, 이 여자가 남의 자식을 빼앗으려나 보다! 날 취한 줄만 아나부지."

이야기가 이렇게까지 나오니 부인은 사정이 딱했다. 아이를 주어서는 기필코 또 메칠 것 같으나, 그런 사정을 보아주기에는 그의 이야기는 들을 수 없게 무지하다.

"그럼 아이를 선생님이 업으세요. 제가 부축해서 댁까지 모셔다 드릴게요." 하고, 부인은 아이를 그 아버지의 등에다 업혀 주었다.

지금까지 발버둥질을 하며 악을 쓰던 아이는 애비의 잔등으로 건너가자마자 금시 울음이 뚝 그친다.

"이거 보세요. 이 자식이 제 애비를 이렇게 아지 않아요? 자식이 참!" 하고 "이 자식이, 이 자식이." 하면서 가던 길로 또 뒤뚝거리며 걷기 시작한다.

부인은 아버지의 옆에 서서 같이 걸어가며 아버지가 뒤뚝 하고 걸음이 위태로울 때마다 아이가 쏟아지는 것 같아서 두 팔을 불쑥 내밀곤 한다. 그러면 아이는 저를 어르는 줄만 알고 좋아서 끼드득거린다. 이 소리엔 아버지도 만족하다. 몸을 들추며 걸음이 활발해진다. 걸음이 활발해질수록 위태로움은 수반이 된다.

"아유머니, 또!"

아버지가 쓰러지는 것을 부인은 보았다. 아이는 저만치나 빠져나가 길 한복판에 정면으로 엎드러졌다. 그렇지 않아도 위태로워 그 아버지의 옆에 바틈이 붙어서 따라갔건만 날래게 손을 쓸 수가 없었다. 그 아버지는 앞에 질린 실개울을 건너뛰려다 건너 뚝 언덕에 구두코를 걸렸던 것이다. 땅에다 박은 아이의 이마 언저리에서는 시뻘건 피가 번져 나왔다. 부인은 달려가 아이를 들었다. 피는 이마에서 났다. 무지하게 피가 쏟아지는 것으로 보아 상처가 심한 모양이었다. 부인은 저고리 소매 구멍에서 손수건을 꺼내어 아이의 상처에 눌러대고 황급히 인근의 병원으로 달려갔다.

그러나 부인의 원하는 응급치료를 의사는 응하지 않았다. 아이의 아버지나 어머니가 없이는 아이를 받을 수가 없다는 것이었다. 부인은 아이를 병원 침대에 눕힌 채 하는 수 없이 병원을 나와 그 아버지를 찾아, 사고 현장으로 발길을 되돌렸다.

아이의 아버지도 이마에 상처를 받은 모양으로 피를 흘리면서 비뚝 비뚝 이쪽으로 걸어오고 있었다. 부인은 아이의 상처가 심하니 어서 병원으로 가서 응급치료를 시켜야 한다고 아이의 아버지를 재촉하였다. 그러나 술에 마비된 그의 걸음은 그저 한양대로 한가롭게 비뚝실 뿐이었다.

　이윽고 병원으로 이르렀을 때에는 아이의 목숨은 이미 끊어져 있었다. 뇌진탕을 일으켰다는 것이다.

　"이 자식이 죽었어! 정말 죽었니? 이 자식아!"

　아버지는 침대 위에 그린 듯이 누운 아이의 팔목을 잡아 흔들었다. 아이는 흔드는 대로 흔들릴 뿐, 아까같이 꺄드득거리며 웃음으로 대해 주지 않았다.

　"이 자식 정말 죽었구나!"

　아버지는 자식의 얼굴을 물끄러미 들여다보다가

　"죽었다! 그러나 아비의 등에 업혔다 죽었으니 한은 없을 거라." 하면서 고개를 주억거렸다.

　그러나 자식도 아버지의 말과 같이 아버지의 등에 업혔다 죽었으니 한이 없을 것인지. 원체 두살잡이라 말은 못 하고 행동으로밖에 의사를 표현하지 못하였지만, 행동으로조차도 인젠 의사를 표현하지 못하고 눈을 굳게 감은 자식이었다.

맨발

　하루는 다방 동백에 앉아 있노라니까, 왕군이 불쑥 들어오더니 아무 인사도 없이 나의 맞은짝 빈 의자에 와서 털썩 주저앉는다. 그리고는 고개를 푹 숙이면서 소가 하품을 하듯이 허어엄 하고 이상한 한숨을 길게 내쉰다. 하도 태도가 이상해서 나는 어떻게 말을 해야 할지 몰라 말없이 한참이나 바라만 보고 있다가,

"왕군, 왜 무슨 일인가?" 하고 물었다.

그러나 그는 아무 대답도 없이 그냥 그대로 씨익씩 하고 한숨만 쉬고 앉았더니, "선생님 댁 주소가 어디지요?" 하면서 고개를 반쯤 들고 힐끗 곁눈으로 한 번 나를 흘겨본다. 하는 태도가 필시 나에게 무슨 불쾌한 감정이 있는 모양 같았다.

그래 그건 왜 새삼스럽게 묻느냐고 하니까,

"찾아뵐 일이 있습니다."

딱 잘라서 하는 대답이 심히 불순한 것 같은 어세였다. 무슨 이유에선지는 모르나 나에게 불쾌한 감정을 품은 그를 어쩐지 나는 딴 자리에서 만나기는 싫었다.

"나를 만나자면 아마 내 집에서보다는 이 다방에서 만나는 것이 더 쉬울 겁니다. 밤에 잘 때밖에 집에 붙어 있지 않는 것을 군도 미상불 알 건데. 위선 콧구멍만한 방이 누추해서 친구들한테 뵈기두 싫구, 또 불이라곤 내가 든 뒤로 한 번도 넣어 본 적이 없이 차기가 이만저만한 냉돌이 아니니, 이런 방에다 누굴 오라고 하겠소. 실은 내 자신도 방에는 들어앉았을 수가 없어서 밤낮 이 다방 신세만 지고 있는 형편인데." 하고, 가정 방문을 은근히 거절하였다.

이것은 그의 심상치 않은 불순한 태도에 대한 방비이기도 하였지만, 그것은 또 사실이기도 했다. 피난 첫 해의 나의 숙소는

실은 그랬고, 또 생활도 사실 그랬다. 그러한 숙소요, 그러한 생활인 줄은 이 친구도 미상불 알고 있을 것이라고 안다. 그러나 그렇다고 해서 집으로 찾아오겠다는 친구에게 농담 아닌 나의 이러한 대답이 물론 상대방에게 불쾌한 감정을 자아 주었으리란 것은 미리 나도 짐작하고 한 대답이다.

그렇기 때문에 나는 이러한 대답을 하면서도 앞으로의 나의 태도를 취하기 위하여 그의 태도를 예리하게 살피었다. 그러나 항상 술에 취해 있는 것 같은 그의 표정에서는 용이하게 그 무슨 별다른 표정을 지찰할 수가 없었다.

사람이 흥분이 되면 먼저 그 눈의 충혈에서 그것을 추찰할 수가 있을 것이나, 이 친구는 본시가 흰자위에 붉은 줄이 서리어 있는 것이어서 그것으로는 추찰이 가지 않았다. 그래 언사에서 나 그의 태도를 찾아보려고 거듭 그에게 방문 거절의 뜻을 강조해 보였다. 그랬더니, "아닙니다. 꼭 선생님을 댁으로 찾아 가서 조용히 만나뵈어야 할 일입니다. 여하간 선생님이 댁에 계시는 시간을 그럼 제가 알아 가지고 찾아뵙기로 하겠습니다." 하고, 그도 방문에 대한 초지를 굽히려고 하지 않았다. 그리고는 또 인사도 없이 불쑥 다방을 떴다.

그와 나와는 이 다방에서 거의 매일 만나다시피 하는 처지요, 또 만나서는 얼마든지 조용한 이야기도 해 왔다. 지금이라고 이 다방에서 조용한 이야기를 못 할 이치도 없는 것이다. 구태여 버적버적 집으로 찾아오겠다는 심사, 그 심사가 어데 있는 것인지, 하도 어수선한 세상이라 나는 궁금 정도를 넘어서 은근히 불안

한 생각까지 들었다.

그래 그를 보내 놓고 혼자 앉아서 곰곰이 생각을 해 보았다. 그러나 그와 나 사이에 무슨 이렇달 감정이어서, 또 꼭 둘이서만 마주앉아서 담판을 지어야 할 그런 일은 아무리 생각해도 있을 것 같지도 않았다.

그도 피난민이요, 나도 피난민, 사고무친한 이 남해의 절해고도에 떨어진 피난민끼리의 의분이란 참으로 이만저만한 것이 아니었다. 모두들 친척이나 매일반으로 두터웠다. 그런 데다가 그와 나는 글을 좋아하는 처지에서 누구보다도 좀더 각별히 지나는 사이였다. 다만 좋아하는 그 글의 분야가 다를 뿐으로 그는 시, 나는 소설, 그래서 글을 쓰는 형식이 다를 따름이었다. 그리고 문단적인 지위에 있어서, 선후배의 관계가 있었을 뿐, 그리하여 나에게는 문단적인 지반이 있었고, 그에게는 지반이 없었다.

흔히 이런 관계에서 오해를 가지는 수가 있듯이, 혹 이 선후배 관계의 지위에 무슨 오해를 품고 있는 것은 아닐까, 이런 데까지 생각이 미치게 될 때, 그가 나에게 시를 가끔 제시하고 비평을 요청하여 왔을 때, 그는 싫어하든 좋아하든 나는 내가 본대로 솔직히 비평을 가해 오곤 한 것이 비위에 틀려서 참다참다 폭발이 되는 감정은 아닐까도 생각을 해 보며 그날의 해를 그 다방에서 예전이나 다름없이 보내고 저녁 식사를 위하여 또 마지못해서 집으로 돌아왔다.

용하게도 그는 내가 집에 있을 만한 시간을 잘 파악했다. 저녁 식상을 필 물려 놓자마자 숨을 헐떡이며 찾아왔다. 열다섯은 역력히 되었으리라, 양쪽 팔고비 부근이 여지없이 해어져서 너불거리는 거무스름한 뀌어진 쉐타에, 역시 무릎마디가 들창이 난, 무슨 빛깔인지도 알 수 없이 변색이 된 흙빛에 가깝다고 해야 할 쓰봉을 그래도 옷이라고 뀐 허름한 웬 아이 하나를 데리고 방안으로 들어서더니 아까 낮에 다방에서와 마찬가지로 내 앞으로 바틈이 마주 앉아선 또 소처럼 긴 한숨을 씨익 내쉬면서 고개를 푹 숙인다. 그리고 한참이나 그대로 묵묵히 앉았더니, "선생님, 잘못했습니다." 하고, 어덴지 이번에는 아까 다방에서와는 딴판으로 진정이 담긴 듯한 어조로 눈시울부터 적신다.

대체, 이 친구가 어떻게 된 영문인지 정말 알 수가 없어서 그저 그의 태도만 나는 또 살피고 있노라니, "선생님, 저는 요 몇 시간 전까지라도 선생님을 여지없이 원망했습니다. 사람을 무시해도 분수가 없는 것 같아서 선생님과 저 사이에 맺은 우의에 있어서 일대 담판이라도 짓고 망신이라도 좀 톡톡히 주어서 제 참을 수 없는 분을 풀어 보려고 하였던 것이 사실입니다. 그러나 그것이 제 잘못인 것을 바루 조금 전에야 알았습니다. 선생님에게 제가 이런 불순한 생각을 품게 되었던 무지를 진심으로 사과합니다. 제가 아까 낮에 다방에서 선생님을 댁으로 찾아뵙겠다고 부득부득 고집을 부릴 때, 저의 무지한 태도에 선생님은 응당히 불쾌하셨을 것입니다. 아니, 그런 기미를 저는 역력히 추찰하면서도 고집을 피웠던 것입니다. 선생님, 용서해 주십시오." 하고, 그는 들었던 고개를 다시 또 푹 숙이며 긴 한숨을 뺀다.

처음엔 무엇을 잘못했고, 또 지금 와서는 무엇을 사과한다는 것인지 도무지 아는 수가 없어, 나는 그저 그대로 멀거니 앉아서 그를 바라만 보며 그의 말을 듣고 있을 밖에 없었다.

 "실은 제가 바루 요전 크리스마스 날 제가 근무하는 고아원에 이번 크리스마스를 기하여 구제품으로 똑똑한 옷가지가 여러 점 배급이 되었기에 선생님에게 크리스마스 선물로 그걸 몇 점. 양말, 쉐타, 쓰봉, 그리구 넥타이 두 개에다 선생님이 가장 좋아하시는 우리나라 인절미를 조금 사서 거기다 동봉을 하여 댁으로 보내 드렸던 것인데, 구제품이라 선물로는 예의가 아니었을는지 모릅니다만, 선생님도 군색한 피난살이라 형편을 잘 알고 있으므로, 그래도 제 딴에는 선생님 생각이 나서 정말 선생님을 좀 도와 드리고 싶은 생각에서 보내 드렸던 것입니다. 그래 저로서는 선생님에게 제 정성을 다한 것으로 알고 있었습니다만, 이 삼차 만나서도 이렇다 인사말 한마디 없으신 선생님을 대할 때, 저는 선생님을 원망하지 않을 수 없었습니다.

 '이 자식이 사람을 어떻게 보고 구제품을 크리스마스 선물로 보내다니!' 하고, 선생님이 고집하시는 자존심만으로 저의 정성은 여지없이 묵살해 버리려는 처사만 같아서 실로 저는 눈물을 흘리면서 분해했습니다. 그러나 그것이 전연 저의 오해인 것을 알게 되었습니다." 하고, 옆에다 앉힌 아이를 힐끗 돌아다보며,

 "이 망할 자식이 선생님 댁으로 전해 드리라는 그 옷가지를 전해 드리지 않고 가지고 가다가 도중에서 다 팔아먹지 않았겠습니까. 인절미는 제 입에다 처넣구요, 기가 막히는 일입니다. 딴 친구에게도 그런 옷가지를 이 자식에게 같이 보낸 일이 있었

습니다만 그 친구 역시 만나서도 이렇다 인사말 한마디 없기에 그적에야 이상해서, 그 친구와 저와는 너나들이를 하고 지나는 처지이므로, 왜 인사도 없느냐고 따졌더니, 무슨 농담을 정색으로 하느냐고 도리어 눈이 둥그레서 반문을 해 오는 것이 아니겠습니까. 그적에야 저는 그 옷가지가 선생님에게 보낸 것이나, 이 친구에게 보낸 것이나 그것이 모두 심부름을 시켰던 이 자식이 전해 드리지 않고 장난질을 했던 것임을 알았겠지요. 그래서 조사를 해 보았더니 글쎄 이 망할 자식이 그 옷가지를 온통 동문통 시장 양복장수한테 가져다 팔아 처먹었던 것입니다. 그래 너무도 약이 올라서 이 자식을 잡아 죽일까 하다가 위선 선생님에게 사과나 시켜놓고 보려고 붙들고 왔습지요. 제가 변명을 하느니보다 이 자식의 입으로 직접 선생님에게 사과를 시키려고요."

이 말에 비로소 그 알 수 없던 수수께끼가 풀리었다. 그러면 그렇지, 왕군이 나에게 무슨 원한을 품을 그러한 일은 숫제 없을 것이다. 듣고 보니 왕군은 나를 건방지다고 원망도 했을 법하고, 또 지금 와서는 미안함을 느낄 법도 한 일이다. 그 고아에게 대하여 약이 오를 것도 결코 무리는 아닐 것 같다. 한참이나 그냥 정면으로 그 아이의 낯짝을 흘기고 있던 그는, "이 자식아, 죽을 죄로 잘못했습니다 하고 이 선생님에게 사과 드려라." 하고, 그 아이의 팔목을 끌어서 내 앞으로 한 물팍걸음 가까이 앉힌다.

그러나 그 아이는 끄는 대로 끌리어서 내 앞으로 나앉을 뿐, 처음 방으로 들어와서 앉았던 그런 자세 그대로 그저 맞은편 벽만 뚫어져라 바라보고 있었다.

"이 자식아! 잘못했다고 선생님에게 사과를 드리라는데, 입이 붙었니? 이 자식!" 하고, 주먹을 그의 앞으로 한 번 불쑥 내민다.

그래도 그 아이는 움직이지도 안하고 그대로 앉아서 그 무엇을 못 참는 듯이 얼굴에서 퍼런 물이 젖어들며 광대뼈 언저리를 푸들푸들 떨었다.

"야, 이 자식아! 선생님 앞에서 네 입으로 잘못했습니다 하고 사과 드리는 것을 보아야 내 면목이 설 게 아니냐? 이 병신 같은 자식아! 입이 붙었어?" 하더니 왕군도 참을 수 없는 듯이 그 아이의 뺨을 손바닥으로 소리가 요란하게 한 대 후려친다.

"왜 때리세요? 선생님!"

그 아이는 비로소 입을 열었다.

"무엇이! 왜 때려? 모르겐 이 쌔끼!"

"아니 그럼 고아원으루 나온 구제품을 고아들에겐 안 노놔 주구…… 전양말 한 켤레도 못 얻어 신었어요. 보세요 전 맨발이에요." 하고, 그 아이는 무릎 아래다 깔고 앉았던 맨발을 들썩 하고 드러내 보인다.

"이 쌔끼가! 이 버르장머리가!" 하고, 다시 왕군이 손은 그 아이의 뺨으로 한층 더 힘차게 건너가 부딪쳤다.

"때리긴 왜 자꾸 때레요. 사실이 안 그래요, 그럼."

율정기(栗亭記)

　인제 버들잎이 완전히 푸르른 걸 보니 밤나무 잎에도 살이 한참 오르고 있을 것 같다.

　버들 뒤에 잎이 푸르른 나무가 하필 밤나무뿐이랴만 버들잎이 푸르면 나는 내 고향집 정원의 그 늙은 밤나무의 안부가 궁금해진다.

　그것은 몇 백 년이나 되었는지 팔순의 노인네들까지 자기의 어렸을 시절에도 역시 그저 지금이나 다름없는 모양으로 그렇더라고 하는, 언제 어느 때에 심어졌는지 그 유래조차 알 수 없는 그러한 연령을 가진 밤나무다.

　어떠한 나무든지 아름드리로 굵게 되면 그 보이는 품이 사람으로 비해 보면 많은 수양에 단련이 된 그러한 학자같이 침착하고 장중한 맛이 있어 보이거니와, 이 밤나무야말로 사상이 일관된 철학자같이 숭엄하게, 무겁게, 그리고 거룩하게 보였다.

　주위에 둘러선 백양이라든가 솔 같은 것은 바람이 부는 듯만 해도 바람 좇아 몸을 부지할 줄 모르건만 유독 이 밤나무만은 고삭고 무지러진 가지일래 의연히 서서 그 자세를 변치 않는다.

　척 보면 이젠 아주 생명이 다한 것 같이 속속들이 좀이 파먹어 들어가 껍데기 안으로 겨우 한 치 두께의 살밖에 붙어 있지 않지만 그래도 버들잎이 푸르면 잊는 법이 없이 뒤이어 잎을 피우고, 가을이면 기어이 열매를 맺어 굽알을 떨웠다.

이것은 마치 그 속속들이 구새 먹어 썩어진 등덜미가 이러한 도를 닦기까지 얼마나한 세고의 풍상에 부대끼며 속을 썩인 그 자취인가를 우리에게 보여 주는 것 같아, 그 밤나무를 대할 때마다 나는 무엇엔지의 사색에 저도 모르게 머리가 숙군했다. 어쩐지 나는 그것이 좋았다. 그것이 좋아서 조석으로 이 밤나무 그늘 아래를 거니는 것이 남 모르는 내 한동안의 즐거움이었다.

조부님도 내 마음과 같았던지 항상 이 밤나무 밑을 떠나지 못하시고 나와 같이 그 그늘 아래 거닐기를 즐기셨다. 그러다가 요 바로 몇해 전에는 해마다 그 가지가 고삭고 축나는 이 늙은 철학자를 보호하여 그로부터 영원한 벗을 삼으시려 돈을 들여 가며 인부를 사서는 북을 돋우어 주고, 그리고 그 둘레론 돌을 때려 대를 쌓고 정자를 만들어 놓았다. 그리고는 과객조차도 그 아래 머물러 같이 즐기게 하기 위하여 자연석을 주어다가 곳곳에 좌석을 만들어 놓고 이 늙은 철학자를 주위로 돌아가며 장미라, 목단이라, 매화라, 이런 향기 높은 꽃나무까지 구해다 심어서 정자로서의 정취를 한층 더하게 했다.

이렇게 하시는 것이 나로 하여금 이 늙은 철학자와 좀더 친할 수 있게 하는 원인이 되었거니와, 사람들은 이것을 율정이라 이름 짓고 여가(餘暇)가 있으면 이 철학자를 찾아 모여 와서 고풍한 그 정취 속에 잔을 기울여 가며 시를 읊었다. 내 그 시를 지금

일일이 기억 못 하거니와 그 지방 일대는 물론, 남북관(南北關)으로부터서까지 모여든 시문이 실로 기백수(幾百首)로 조부님도 지금은 그것을 노여(老餘)의 보배로 제책(製冊)까지 하여 머리맡에 두시고 그 시문 속에 구원한 진리가 담긴 듯이, 그리하여 그것을 찾으시려는 듯이 짬짬이 읊으심으로 심신의 위로를 삼아 오신다.

내 창작도 태반(殆半)은 여기서 되었다. 직접 이 철학자를 두고 짜여진 것은 아직 한 편도 없으나, 이 철학자와 벗하여 상이 닦였던 것만은 사실이다. 상(想)이 막히어 붓대가 내키지 않을 때, 나는 나도 모르게 책상을 떠나 이 철학자의 그늘 밑으로 나왔다, 그리하여 그 밑에서 고요히 눈을 감고 뒷짐을 지고 거닐면서 매듭진 상을 골라서 풀곤 했다, 생각이 옹색해도 이 그늘을 찾았고 독서와 붓놀음에 지친 피로가 몸에 마칠 때에도 이 그늘을 찾았다, 실로 이 늙은 철학자 밤나무는 나에게 있어 내 생명의 씨를 밝혀 주는 씨앗터였다.

이러한 씨앗터를 내 이제 떠나 살게 되니 해마다 버들잎에 기름이지면 이 늙은 철학자의 그늘 밑이 더할 수 없이 그리워진다. 인제 그 밤나무에도 잎이 아마 푸르렀겠지. 비바람에 고삭은 가지들은 어떻게 됐을까 그 안부가 지극히 알고 싶어지고, 그 밑에서 고요히 눈을 감고 사색에 잠겨 보고 싶어진다.

더욱이 생각의 가난에 원고를 자꾸만 찢게 될 땐, 어쩐지 그 그늘 밑 자연석 위에 잠깐만 앉아 눈을 감아 보아도 매듭진 상의 눈앞은 훤히 트여질 것만 같게 그 품속이 생각난다.

얼마나 나는 그 품속에 그렇게 주렸든지, 바로 며칠 전 그때가 아마 밤 열시는 넘었으리라, 역시 그 밤에도 나는 기한이 박두한 원고와 씨름을 하다가 뜻대로 되는 것이 아니어서 이런 때이면 언제나 하던 버릇 그대로 이미 쓰인 몇 장의 원고를 사정조차 없이 왈왈 찢어 쓰레기통에 동댕이를 치고 대문 밖으로 뛰쳐나왔다. 그러나 일단 발이 멎고 보았을 때 그것은 가지리라고 믿었던 그 철학자의 품속이 아니었고 대문 밖이자 행길인 냉천정(冷泉町)도 한 꼭대기 돌층대 위임을 알았다. 그적에야 비로소 나는 내 몸이 서울에 있는 몸임을 또한 깨달을 수가 있었다.

그리하여 그 순간, 갈 곳을 모르는 나는 어처구니도 없이 한동안을 그대로 멍하니 서서 쓴웃음을 삼키고, 아까 낮에 일터에서 돌아올 때 복덕방 영감이 돌층대 아래 죽어 가는 한 그루의 포플러 그늘을 지고 담배를 한가히 빨고 앉았던 것을 문득 생각하고 거기라도 좀 앉아서 생각을 더듬어 보리라 포플러 그늘을 찾아 내려갔다.

그러나 낮에 있던 그 나무 판쪽의 기다란 의자는 거기에 있지 않았다. 그대로 두면 그것도 잃어버릴 염려가 있어 영감은 필시 가지고 들어간 모양이다. 그러니 그 행길 가에 그대로 우뚝 서 있을 맛이 없다. 그것보다도 나는 지금 마음을 가라앉힐 시원하고도 고요한 자리를 찾는 것이다. 이 근처엔 어디 그만한 곳이 없을까, 담배를 한 대 피어 물고 뒷짐을 지고 연희장((延禧莊)으로 넘은 산탁 길을 추어 올랐다. 그러나 거기도 역시 마음을 놓고 앉았을 만한 곳이 없다. 산이라고는 하나 사람의 발부리에 지지리 밟히어 돋아나다 죽은 풀밭 위에는 먼지만이 보얗게 쌓여 조금도 신선한 맛이 없다. 밑도 대여 볼 생념이 없어 다시 집으로 내려와 옷을 갈아입었다. 내 다방에 취미를 모르거니와 이러한 경우엔 싫더라도 서울선 다방이란 곳밖에 찾을 데가 없는 것이다.

다방에도 제법 그 우리 고향 집 정원의 주인공 늙은 철학자와 같이 구새가 먹은 모양으로 흉내를 내어 꾸며서 분에다 심어 놓은 마치 애들의 장난감 같은 나무가 있기는 있다.

그러나 그것의 그늘 밑에서는 한동안의 마음을 가라앉히기커녕, 그리하여 사색에의 힘을 얻기커녕 인위적으로 자연을 모독하여 순진한 사람의 눈을 속이려는 그것에 도리어 불쾌를 느끼게 되는 것밖에 없다. 그리고 현대의 권태가 담배연기와 같이 자욱이 떠도는 그 분위기 속에 숨 막히는 답답함이 도리어 정신을 흐려 놓아 줄 뿐이다.

하지만 잠지나마 다리를 쉬자면 역시 그러한 다방밖에 어디 밑 붙일 휴식처가 없으니 인위적인 철봉으로 생나무를 지지여 놓고 자연을 비웃으려는 그 분에 심은 나무와 억지로라도 벗이 되어야 하는 것인가 하면 그리하여 그 나무를 무시로 대하고 바라보며 인생을 생각해야 되는 것인가 하면 내 자신의 마음까지도 그 나무와 같이 철봉에 지지워드는 것 같아 그러지 않아도 속인으로서의 고민이 큰데 자꾸만 인위적인 속인의 속인으로 현대화되어 가는 것 같은 자신을 생각하면 할수록 그 늙은 철학자 밤나무의 자연 속에 생각을 깃들여 자연 그대로 살고 싶은 욕망이 전에보다도 더 한층 간절하다.

　나 떠난 이후에 이 늙은 철학자는 누구와 더불어 뜻을 바꿈으로 마음을 치는지 조부님 좇아 이젠 연로에 자유롭게 이 철학자와 벗을 하실 기력이, 근심되는데……..

이불

상

남편의 숙직날 밤처럼 근심인 것은 없었다. 취직을 못하였을 적엔 그저 걱정인 것이 밥이더니 인젠 또 잠자리가 적지 않은 걱정이다.

덮을 이불이 갖어서 제각기 따로따로 덮고 지낼 수만 있었으면야 아무리한 방안이라고 하더라도 시아버지와 더불어 같이 지내지 못하랴만, 한 이불 속에서 자는 수는 없는 것이다. 한 이불 속이라고 하더라도 남편이 집에서 잘 때에는 시아버지가 아랫목에 눕고, 그 다음에 남편이 눕고, 그리고 영숙 자신이 눕고, 그러한 순서로 남편이 사이에 질려 잘 수 있는 밤이면 불편한 대로 그래도 잘 수는 있었지마는, 새 통에 남편이 끼지 않은 그 이불 속엔 아무리 발가락이 얼어 들어와도 시아버지가 덮은 이불을 들치고 들어가는 수가 없다.

이 딱한 밤이 또 찾아왔다. 한 달에 네 번씩 있는 이 밤이었다. 이번 숙직날부터는 어떻게 해서든지 아내의 밤잠을 편히 도모해 보리라 무척이도 애를 써 보았건만, 이불 한 자리의 마련도 그리 용이한 것이 아니었다.

"할 수 없군요. 그대루 또 하룻밤 지내야지."

그리곤 미안쩍어 아침을 물리자 회사로 쑥 나가 버린 남편이었다.

"아이 여보오, 난 몰라요."

이렇게 매달려는 보았으나 남편을 나무랄 수도 없었다. 자기네들보다 몇 달씩 앞서 올라온 사람들도 집 한 칸을 못 얻고 지금껏 산언덕에 거적을 두르고 겨울을 나는 형편인데, 그래도 남의 행랑칸일망정 한 칸 얻어 들고 하찮은 직업도 붙들었다. 해주(海州)서 배를 타고 경계선(삼팔선)을 넘으려다가 경비대한데 붙들리어 짐을 다 떼이고(온 세간을 다 팔아 마련한), 가지고 오던 옷가지 이불때기 같은 걸 팔아 여비를 다시 마련하지 않을 수 없이 되었을 적에도 그 운용이 교묘해서 남들은 정말 알몸 그대로 올라오는데, 이불이라도 한 자리 남긴 것이 남편의 재주였다. 불평이 있을 수 없다.

'아직 눈 위도 아닌데 뭘 못 참아.'

마음을 사려 먹고 윗목에 가 고스란히 누웠다. 이불 없이 자야 할 것이 염려되어 장작을 몇 개비 두둑히 넣었더니 구들은 윗목까지 제법 미지근하다.

시아버지는 벌써 잠이 들었는지 혹은 자는 체하는 것인지 얼굴까지 이불을 뒤집어쓰고 누워서 도무지 알 수가 없다. 아들이 밖에 나가 자게 되는 밤이면 시아버지 역시 며느리의 잠자리가 불편할 것이 아니 근심일 수 없었다. 언제나 하던 그대로 오늘도 며느리가 이불 속으로 들어오기에 어려움성이 좀 덜어질까 해서 초저녁부터 일찌감치 벽을 향하여 드러누워선 이불을 넉넉히 뒤로 남겨 놓았다. 영숙이도 그 눈치를 모르지 않는다. 이러한 정성을 저버리고 그 이불을 같이 아니 덮잠도 미안할 것임을 모르지 않는다. 그러나 그렇다고 해서 그 아직 한 번도 당기어 같이 덮어 본 일이 없다. 추운대로 댕그라니 새우처럼 까부라치고 혼자 누워서 견디어 냈다.

김장철을 지나고 나니 날씨는 제법 맵다. 어제가 옛날이다. 바람벽을 뚫고 스며드는 한기는 도저히 한 밤 동안을 이불 없이 댕그라니 누워 견디어 낼 것 같지 못하다. 참기 어려운 게 우선 발가락이다. 견디다 못하여 발가락으로 치마폭을 내려당기어 동글하게 아랫도리를 되사려쌌다.

하

차례를 안 지내면 안 지냈지 조상님에게 강냉이밥이야 어떻게 지어 대접 하겠느냐고, 저녁상을 물리자 입쌀을 마련하러 나간 남편이 밤늦도록 돌아오지 않는다. 내일 아침 차례 준비를 해놓아야 할지 몰라 망설이고 앉았다가 남편이 들고 들어오는 입쌀 됫박을 받아 놓고야 결국은 확정된 차례였다. 동이 훤하게 틀 때까지 분주히 돌아가도 손이 모자란다.

시아버지와 남편은 벌써 의관을 정제하고 방안에 앉아서 부엌을 넘성거리며 말없는 재촉이다. 과실이나 부침 같은 건 이미 사당에 진열이 되었으나메(제삿밥)가 좀처럼 끓지 않는다. 장작개비를 연방 집어넣어 그야말로 마음에까지 불을 달고, 배바쁘게 메를 지어 담아야 소반에다 받쳐들고 뒤란으로 돌아가 사당 문을 열다가 놀란다. 알 수도 없는 수염이 하얀 영감이 하얗게 소복으로까지 차리고, 조상님의 신주를 안고 조그마한 눈을 거슴츠레하게 반득이며 앉아서 들어오라고 대고 손을 헤긴다.

"아, 이머니!"

저도 모르게 소리를 치며 뒤에 덧달려 들어오던 남편을 붙안 았다.

"며느리, 너 꿈 꾀네."

꼭 시아버지 목소리 같다. 그게 더욱이 듣기에 무섭다. 얼굴을 비비며 파고 들어 허리를 바싹 껴안았다.

"얘, 며늘아! 며늘아!"

안긴 몸이 몸부림을 친다. 안긴 몸이 며느리라고 부르는 소리에 귓맛이 쨍하고 새롭다. 얼떨떨한 정신이 점점 수습되며 눈이 뜨인다. 살펴보니 고향 집 사당이 아니다. 서서 붙안았던 남편도 남편이 아니다. 역시 들어 있는 셋방, 그 방 안이요, 품안에 바싹 끌어안고 누운 것은 내복 바람인 시아버지의 부대한 몸집이다. 별안간 정신이 팔짝 든다. 놀라 닁큼 일어나 앉았다.

'꿈!'

그러나 다 꿈이 아니었다. 남편을 붙안기까지만 꿈이었고 꼭 시아버지 목소리로 꿈을 꾸느냐고 묻던 그 소리부터는 뻐젓한 현실이었던 것임이 미루어진다. 온몸에 땀이 바싹 서린다.

'이게 무슨 일이야!'

부끄러워 얼굴을 들 수가 없다. 치마폭으로 아랫도리를 되사

려싸고 누웠다가 발가락이 정말 참을 수 없이 얼어 들어와 이불 귀를 들치고 발만은 넌지시 넣은 생각이 어렴풋하지만, 대체 어떻게 시아버지 이불속으로 들어갔는지, 그리고선 꿈을 꾸다가 이 망신이었는지 알 수가 없다.

'시아버지는 정말 꿈을 꾸다가 그런 줄 알겠지.'

그렇게 알아는 준대도 아니 부끄러울 수 없다.

시아버지도 웬걸 그새 벌써 잠이야 고쳐 들었으랴만 자는 체하는 것도 역시 자기가 부끄러워할 것을 염려하는 데서라고 짐작하니 몸이 다 오싹거린다. 숨도 크게 쉬기가 부끄러워 그대로 앉았을 수가 없다. 밖으로 뛰어 나왔다.

밤은 얼마나 깊었는지 주위는 고요한데 한기만이 깔맵다.

안집 장독대 옆에까지밖엔 더 내어디딜 면적이 없는 마당이다. 거닐 데가 없다. 아무 데나 주춤하고 섰다. 사당에서 신주를 안고 손을 헤기던 그 하얀 영감이 눈앞에 그대로 나타난다. 현물세(現物稅)를 세 차례씩이나 바치고 먹을 양식이 없어 강냉이를 사다가 그것도 죽을 끓여 먹는 형세에, 차례를 지낼 수가 없어 남편은 자기의 금동곳을 들고 나가 팔아다 입쌀과 바꾸어서 차례를 지내던 작년 설 일이 그대로 비슷이 꾸어졌는데 사당 안에 하얀 영감은 왜 꿈에 나타났을까? 그건 무얼까?

좋은 징졸까 나쁜 징졸까 자기네 집과는 강계(江界) 사람이 바꿔든다고 했는데, 그 집 영감이 그렇게 눈이 거슴츠레하고 하얄까? 그러면 그 영감이 신주는 왜 끌어안고 앉아서 자기를 들어오라고 손을 왜 헤기는 것일까? 헤기는 그 하얀 손이 지금도 눈 앞에 또렷하다. 몸서리가 오싹 떨린다. 무서워 견딜 수가 없다. 돌아서니 방안으로도 발길이 내키지 않는다. 시아버지가 눈에 보인다. 허리를 양팔로 바싹 끌어안았던 생각을 하면 시아버지를 바라볼 낯이 없다. 눈앞엔 그대로 손을 헤기는 하얀 영감이 사라지지 않고 무섭게 만든다.

꿈이면 꿈이지 생각만 해도 오조조한 하얀 영감이 하필 신주를 붙안고 앉아 손을 헤겨서 시아버지에게 망신을 시켜 놓나? 그대로 밖에 섰기도 무섭고, 방안으로 들어가기도 부끄럽고.

한숨과 같이 영숙은 어쩔 바를 모르고 어둠 속을 그냥 헤맨다. 어디로서 나타났는지 미국 비행기 한 대가 가슴패기에다 새빨간 불을 달고 푸릉푸릉 별도 숨은 새까만 밤하늘을 당돌기 시작하는데…….

최서방(崔書房)

　새벽부터 분주히 뚜드리기 시작한 최서방네 벼마당질은 해가 졌건만 인제야 겨우 부추질이 끝났다.
　일꾼들은 어둡기 전에 작석을 하여 치우려고 부리나케 섬몽이를 튼다. 그러나 최서방은 아침부터 찾아와 마당질이 끝나기만 기다리고 우들부들 떨며 마당가에 쭉 늘어선 차인꾼들을 볼 때에 섬몽이를 틀 힘조차 나지 않았다.
　그는 실상 마당질 끝나는 것이 귀치않다느니보다 죽기만치나 겁이 난 것이다.
　그것은 하루에도 몇 번씩 찾아와 호미값(胡米價)이라 약값(藥價)이라 하고 조르는 것을 벼를 뚜드려서 준다고 오늘 내일하고 미뤄오던 것인데 급기야 벼를 뚜드리고 보니 그들의 빚은 갚기는커녕 송지주의 농채도 다 갚기에 벼 한 알이 남아서지 않을 것 같아서 으레 싸움이 일어나리라 예상한 까닭이다.
　"열 섬은 외상 없이 나지?"
　사랑 툇마루 위에서 수판을 앞에 놓고 분주히 계산을 치고 앉았던 송지주는 이렇게 물었다.
　"열 섬이야 아마 더 나겠지요."

최서방은 열 섬이 못 날 줄은 으레 짐작하지만 일부러 이렇게 대답을 했다.

"글쎄…… 그러고 벼는 충실하지?"

지주는 놓았던 산알을 떨어버리고 마당으로 내려와 들여놓은 벼를 여물기나 잘하였나 하고 시험 삼아 한 알을 골라 입안에 넣고 까보았다.

"암, 충실하고말고요. 이거야 소문난 변데요."

이것은 일꾼 중에 한 사람의 이야기였다.

섬몽이 틀기는 끝이 나고 이제는 작석이 시작되었다. 차인꾼들은 제각기 적개책을 꺼내어 든다.

"십오 원이니 섬 반은 주어야겠소."

호미값 차인꾼이 한 섬을 갓 되어 놓은 벼를 가로 깔고 앉으며 이렇게 말을 건넨다.

"글쎄, 준다는데 왜 이리들 급하게 구오."

최서방은 또 한 섬을 묶어 놓았다.

"오 원이니 나는 반 섬이면 탕감이 되오."

이것은 포목값(布木價) 차인꾼이 들채는 소리였다.

"섬 반이고 반 섬이고 글쎄 벼를 팔아서야 돈을 갚아도 갚지 있는 벼가 어디로 도망을 치겠기에 이리들 보채오."

최서방은 우선 이렇게밖에 대답할 수 없었다.

"벼자 돈이고 볏값도 빤히 금이 났으니 어서들 갈라 주소. 괜히 이치운데 어둡기나 전에 가게."

약값 차인꾼은 이렇게 말을 붙이고 또 한 섬을 깔고 앉는다.

"여보, 그것이 무슨 버릇들이오. 남의 벼를 그렇게 함부로 깔고 앉으니."

"그러기 날래들 갈라 주어요."

"글쎄, 팔아서야 준다는데 무얼 갈라 달라고 그래요."

"그러면 그럼 오늘도 안 주겠다는 말이요. 말이."

"안 주겠다는 게 아니라 벼를 팔아서 주마 하는데 되어 놓는 족족 한 섬씩 덮쳐 깔고 앉으니 어디 체면이 되었단 말이요, 그럼."

"그래 오늘 내일 하고 속여온 당신의 체면은 그래서 잘됐단 말이요, 그래."

"오늘이야 글쎄 벼를 팔아서야지요."

"그럼 오늘도 정말 안 줄 테요?"

"아니 못 주지요."

"정말."

"정말 아니고."

"정말."

"정말이야 글쎄."

"정말이야 글쎄가 무어야 이 자식."

호미값 차인꾼은 분이 치밀어 푸들푸들 떨리는 주먹을 부르쥐고 최서방의 턱 앞으로 바싹 다가섰다. 그리고 주먹을 홀끈 내밀었다. 최서방은 '히' 하고 뒷걸음을 쳤다. 그러나 아무 반항도 안 했다.

작석은 또한 끝이 났다. 열 섬을 믿었던 벼는 여덟 섬에 그치고 말았다. 송지주는 그것 가지고는 청장이 빳빳하다는 듯이 머리를 흔들며, "이번에도 회계가 채 안 되는군. 모두 오십이 원인데." 하고, 다시 계산을 틀어 본다.

"어떻게 그렇게 되오."

최서방은 자기의 예산과는 엄청나게 틀린다는 듯이 깜짝 놀라며 이렇게 반문을 했다.

"본 원금(元金)이 사십 원에 변 이자(利子)을 십이 원 더 놓으니까."

"무어 그 돈에다 변까지 놓아요?"

"변을 안 놓으면 어쩌나. 나도 남의 돈을 빚낸 것인데."

"그렇다기로 변은 제해 주세요."

"그 돈으로 자네 부처가 일 년이란 열두 달을 먹고 산 것인데 변을 안물단 게 안 돼 안 돼 건."

그는 엉터리 없는 수작이라는 듯이 '안 돼' 하는 '돼' 자에 힘을 주었다. 최서방은 보통의 농채(農債)와도 다른 이물푼삯 인수세(引水稅)에 고가의 변을 지우는 데는 젖먹던 밸까지 일어났으나 송지주의 성질을 잘 아는 그는 암만 빌어야 안 될 줄 알고 아예 아무 말도 안 했다. 실상 그는 말하기도 싫었던 것이다.

"그러니까 태반이 넉 섬씩이지. 한 섬에 십 원씩 치고도 모자라는 십이원을 어쩌나? 오라 가만있자, 또 짚고(藁)이 있것다. 짚이 마흔 단이니까 스무 단씩이지. 그러면 한 단에 십 전씩 치고 이 원, 응응 겨우 우수떼논 그래 십이 원은 어쩔 테야?"

그는 최서방이 그리 해주겠다는 승낙도 얻지 않고 자기 혼자 이렇게 결산을 치고 다짜고짜로 일꾼들을 시켜 한 섬도 남기지 않고 모두 자기네 곳간으로 끌어들였다.

행여나 벼로나 받을까 하고 온종일 추움에 떨면서 깔고 앉았던 볏섬을 놓아준 차인꾼들은 마치 닭 쫓아가던 개가 지붕을 쳐다보는 격으로 눈들만 멀뚱멀뚱하여 어쩔 줄을 모르고 멀거니 서서 송지주의 분주히 왔다갔다하는 꼴만 쳐다보고 있었다. 그들은 한껏 분하면서도 우스웠다. 그래서 하하 하고 웃었다. 그러나 다시,

"돈 내라, 이놈아."

"오늘 저녁에 안 내면 죽인다."

"저렇게 속이기만 하는 놈은 주먹맛을 좀 단단히 보아야 아마 정신이 들걸." 하고, 제각기 이렇게 부르짖으며 달려들었다. 그것은 마치 이제는 돈도 받기 글렀는데 그 사이에 품 놓고 다니던 분풀이로나 때워버리려는 듯하였다.

그들은 골이 통통히 부어서 갖은 욕설은 거들이며 덤비었다. 호미값 차인꾼은 최서방의 멱살을 붙잡았다.

"놓아. 이렇게 붙잡으면 누굴 칠 테야."

최서방은 이제는 팔아서 준단 말도 할 수 없었다.

"못 치긴 하는데 이놈아."

호미값 차인꾼은 최서방의 귀밑을 보기 좋게 한 개 갈겼다. 약값 차인꾼과 포목 차인꾼도 각각 한 개씩 갈겼다.

"아이."

최서방은 뒤로 비칠비칠하며 전신을 떨었다. 그리고 당연히

맞을 것이라는 듯이 아무런 반항도 안 했다.

"돈 내라, 이놈아."

호미값 차인꾼은 이번에는 불두덩을 발길로 제겼다. 여러 차인꾼도 또한 같이 제겼다.

"아이고."

최서방은 기절하여 번듯이 뒤로 나가 넘어졌다. 넘어진 그의 코에서는 피가 흘렀다.

추움에 떨던 차인꾼들은 땀이 흠뻑이 났다. 최서방은 죽은 듯이 넘어진 그대로 여전히 누워 있었다. 한참 만에 그는 알뜰히 아픔을 강잉히 참는 듯이 얼굴을 찡그리고 이빨을 뿌득뿌득 갈며 손을 허우적거렸다. 그리고 불두덩을 한 손으로 움켜 쥐고 간신히 일어섰다. 그의 일어선 자리에는 코피가 군데군데 빨갛게 물들어 있었다.

그가 완전히 걸어 막살이를 찾아 들어갈 때에는 날은 벌써 새까맣게 어두워 있었다.

최서방에게 있어서 여름내 피땀을 흘리며 고생고생 벌어놓은 결정이라고는 오직 죽도록 얻어맞은 매가 있을 뿐이다. 그 밖에는 아무러 한 것도 없었다.

그는 밤이 깊도록 오력을 잘 못 썼다. 더구나 불두덩이 아파서 잘 일지도 못했다. 그는 이렇게 남 못 보는 고초를 맛보지만 어느 뉘더러 호소할 곳도 없었다. 있다면 오직 사랑하는 아내가 있을 뿐밖에 다만 자기 혼자서 아파 할 따름이었다.

그는 참으로 불쌍한 사람이었다. 이같이 불쌍한 처지에 있는 소작인(小作人)이 이 나라에 가득 찬 것이 그것이지만 그 중에도 최서방처럼 불행한 처지에 앉았는 사람은 별로 없을 것이다.

이렇게 그가 불행한 처지에 앉았게 된 원인은 오직 단순한 두 가지가 있을 뿐이다. 하나는 악독한 독사(毒死) 같은 지주를 가졌다는 것이요, 하나는 그가 본래부터 성질이 착하다는 것이니, 모든 사람들은 정의와 인도를 벗어나 남의 눈을 감언이설로 속여가며 교활한 수단으로 목숨을 연명하여 가지만 이러한 비인도적이요 비윤리적인 행동에는 조금도 눈떠보지 않은 그에게는 밥이 생기지 않았다. 이따금 밥을 몇 끼씩 굶을 때에는 도적질이란 것도 생각해 본 적이 한두 번이 아니었지만 이런 것을 생각할 때마다 비인도적이라는 것이 번개처럼 머리에 번쩍 떠오르곤 하여 그는 차마 그를 실행하지 못하였던 것이었다.

그가 이같이 착하니만치 그 반면에는 악독한 지주가 있어 이렇게 불쌍한 그의 피를 또한 빨아내는 것이었다.

예년은 말고 금년 일 년만 하더라도 이 동리 앞벌에 지독한 가뭄이 들어 모두들 볏모를 말라 죽이다시피 하였지만 송지주의 작인치고도 오직 최서방 하나만이 인력(人力)으로는 도저히 인수(引水)할 수 없는 물을 빚을 얻어가며 펌프를 세내어 물을 한 방울 두 방울 빨아올리게 하여 볏모를 꾸준히 구하여 온 것이었다. 이렇게 그는 오직 살겠다는 생존욕에서 남 아니하는 고생을 하여 가며 남 못 하는 수확을 하였지만 '수확' 이라는 것을 걸금 주었던 송지주의 빚이라는 것이 고가의 이자가지 쓰고 나와 그로 하여금 도리어 가해를 지게 하여 그들이 피땀의 결정은 결국 송지주네 고방으로 들어가게 된 것이었다.

그리고 보니 그는 당장에 먹을 것이 없는 것이라 농사를 지어 줄 셈치고 안 쓸 수 없어 사소한 용처를 외상으로 맡아 썼던 것이 일이 이렇게 되고 보니까 차인꾼들한테 매를 얻어맞는 경우에까지 이른 것이었다. 실상 그들의 빚은 송지주의 그것과는 다른 관계로 감사히 절하고 갚아야 될 것이건만 더구나 호미값이란 잊을 수 없는 것이었다.

이 지방 풍속에 으레 소작인이 먹을 것이 없으면 추수를 할 때까지 식량을 지주가 당해 주는 법이건만 유독 송지주만은 먼저 당해 준 식량에 고가의 이자를 끼워 계산을 틀어가다가 추수에 넘치는 한이 있게 되면 예사로 그때에는 잡아떼고 작인들은 굶어 죽든지 말든지 그것을 상관하지 않고 다시는 주지 않는 것이었다. 그래서 금년에 최서방은 사흘이라는 기나긴 여름 날을 굶다 못하여 이전부터 친분이 있던 그 고을에서 호미 장사 하는 사람을 찾아가서 그런 사정을 말하였다. 그도 가난을 겪어본 사람이라 지극히 불쌍히 여겨 호미를 두 포대나 맡아준 것이었다. 그래서 최서방네 내외는 주린 창자를 회복시켜 오늘까지 목숨을 이어온 그러한 호미값이었다.

그런데 그는 오늘 마지막으로 뚜드린 벼를 지주의 권력에 못 이겨 이 아닌 추운 겨울에 쫓겨날까 두려워 호미값을 미리 끊어 주지 못하고 그의 빚에 그만 탕감을 치워 버린 것이었다.

최서방은 지금 불김이 기별도 하지 않는 차디찬 냉돌에 누워서 발길에 채인 불두덩과 주먹에 맞은 귀밑이 쑤시고 저림도 잊어버리고 불덩이같이 뜨거운 햇볕이 내려쪼이는 들판에서 등을 구워 가며 김매는 생각과 오늘 하루의 지난 역사를 머릿속에 그리어 본다.

"나는 왜 여름내 피땀을 흘리며 김을 매었노. 그리고 호미값을 왜 미리 못 끊어 주었을꼬. 송지주는 왜, 그렇게 몹시도 악할꼬. 나는 왜 그리 약한고, 나는 못난이다. 사람의 자식이 왜 이리 못났을까? 그런데 차인꾼들은 나를 왜 때렸노, 그들은 너무도 과하다. 아니 아니 그런 것이 아니다. 그들도 밥을 얻기 위하여 나와 그렇게 피를 보게 싸웠던 것이다. 그들은 내가 피땀을 흘리며 여름내 농사를 짓는 것과 조금도 다름이 없이 그래야만 입에 밥이 들어오기 때문일 것이다. 아니 그들은 농작이 없어 농사도 짓지 못하고 막벌이로 품팔이로 저렇게 남의 돈을 거두어 주고 목숨을 붙여가는 그들이 나보다 도리어 불쌍하다.

나는 조금도 그들을 욕할 수 없다. 야속하달 수 없다. 그러나 지주네들은 왜 아무러한 노력도 없이 평안히 팔짱 끼고 뜨뜻한 자리에 앉았다가 우리네의 피땀을 온 송이째로 들어먹을까, 암만해요 고약한일이다. 금년만 하더라도 우리 부처가 얼음이 갓 녹아 차디찬 종아리를 찢어내는 듯한 봄물에 들어서서 논을 갈고 씨를 뿌렸으며 불볕이 푹푹 내려쬐는 볕에 살을 데여가며 물 푸고 김매고 가으내 단잠 못 자고 벼베기와 싯거리질이며 겨우내 추움을 무릅쓰고 굶어가며 마당질을 하였는데 우리는 한 알도 맛보지 못하고 송지주네 곳간에 모조리 들여다 쌓았것다. 괘씸한 일이다. 그리고 우리 부처가 이렇게 노력을 할때 송주사는

(그는 늘 송지주를 송주사라 부른다) 긴 담뱃대 물고 뒷짐지고 할일 없어 술 먹고 장기두고 더우면 그늘을 찾고 추우면 뜨뜻한 아랫목에서 낮잠질이나 하였었다."

이까지 머릿속에 그리어 생각해 온 그는 실로 분함을 참지 못하였다.

"에이."

그는 자기도 모르게 이렇게 부르짖으며 두 주먹을 불끈 쥐었다. 그리고 부르르 떨었다.

"왜, 그리우?"

산후에 중통을 하고 난 그의 아내는 발치목에서 어린애 젖을 빨리고 있다가 무엇을 생각하고 있는 듯하던 남편이 그같이 아지 못할 소리를 지르고 떠는 주먹을 보고 의아하게도 이렇게 물었다. 남편은 아무런 대답도 없이 여전히 부르쥔 주먹을 펴지 못하고 떨었다. 한참 만에 그는 입을 열었다.

"여보 마누라, 우리는 여름내 무엇을 하였소?"

이 소리는 매우 친절하고 측은하고 어성이 고왔다.

"무엇을 하다니요, 농사하지 않았어요?"

"그러면 지은 농사는 왜 없소?"

아내는 이 소리에 실로 기가 막혔다. 정신이 아찔하여지고 대답이 나오지 않았다. 저녁때 남편이 매를 맞던 꼴과 송지주의 벼를 떼어 들어가던 현장이 눈앞에 갑자기 환하게 나타났다.

"에이."

그는 또다시 주먹을 부르르 떨었다. 아내는 어쩔 줄을 모르고 남편의 곁으로 다가앉으며 눈물을 흘렸다.

"울기는 왜 우오. 우리 의논 좀 하자는데." 하고, 그는 다시 무엇을 생각하더니 아내를 노려보며 말끝을 이었다.

"마누라, 우리는 왜 빚을 졌는지 아시오?"

"호미와 강냉이(옥수수) 사다 먹지 않았어요?"

"그런데 우리는 그 호미값을 왜 못 무오?"

아내는 기가 막혀 또 말문이 막혔다. 지난 여름에 사흘씩 굶어 떨던 그때의 현상이 또다시 눈앞에 나타났다. 남편도 이렇게 묻고 보니 생각은 새로워 아지 못할 눈물이 눈초리에 맺혔다.

"우리가 이리로 이사온 지 몇 핸지?"

"십 년째 아니오."

"옳아, 십 년째 우리는 십 년째를 이 독사의 구덩에서." 하고, 그는 혼잣말 비슷이 이렇게 부르짖고 한숨을 괴롭게도 한 번 길게 빼고 다시 말을 이었다.

"여보게 마누라, 남 보기에는 우리가 송주사네의 덕택으로 먹고 입고 사는 줄 알지만 실상 우리는 우리의 두 주먹으로 우리의 몸을 살린 것일세. 우리는 송주사의 은혜하고는 반푼어치도 없고 도리어 그들한테 피를 빨리운 것일세. 내나 자네나 이렇게 핏기 없이 뽀독뽀독 마른 것이 모두 송주사한테 피를 빨리운 탓일세. 우리가 그렇게 피와 땀을 흘리며 죽을 고생을 다하여 벌어 놓으면 그들은 그것을 가지고 잘 먹고 잘 입고 그리고도 남으면 그 돈으로 또 우리의 피를 빠는 것일세. 그러면 금년의 우리가 벌은 그것으로 또 내년에 우리의 피를 줄 것이 아닌가. 어떻게 생각하면 그런 줄을 빤히 알면서 피를 빨리는 우리가 도리어 우스운 것일세. 그러기에 우리는 이제부터 피를 빨리우지 않게 방책을 연구하여야 되겠네. 그래서 자유롭게 살아야 되겠네. 만일 우리의 두 주먹이 없다 하면 그들은 당장에 굶어 죽을 것일세. 죽고말고 암 죽지 죽어." 하고, 그는 매우 흥분된 어조로 이렇게 장황히 부르짖었다. 그는 상당히 무엇을 깨달은 듯하였다. 아내는 이런 소리를 남편에게서 듣기는 실상 이번이 처음이었다. 그리고 가슴이 시원하다는 듯이 빙그레 웃었다.

"글쎄, 참 그렇긴 하지만 어찌하우?"

아내는 무엇을 생각하는 듯하더니 한참 만에 어찌할 바를 모르겠는 듯이 이렇게 물었다.

"어찌해, 싸워야 되지. 싸울 수밖에 없네. 그들의 앞에는 정의도 없고 인도도 없는 것을 어찌하나, 아니 이 세상이란 또한 역시 그런 것이니까. 남의 눈을 어떻게 패측한 수단으로라도 가리우지 않고는 밥을 먹을 수 없는 것을 나는 이제야 비로소 깨달았네. 우리는 이제부터 이 모든 더러운 독사 같은 무리와 필사의 힘을 다하여 싸워야 되겠네. 싸워야 돼. 그래서 우리는……." 하고, 그는 무엇을 더 말하려다가 참기 어려운 듯이 주먹을 또다시 부르르 떨었다.

"글쎄요, 아이 참 낼 아침 밥질 게 없으니 이 일을 또 어찌하우."

아내는 새삼스럽게 잊히지 못하던 아침거리가 머리에 또 떠올랐다.

"그러기에 싸우잔 말이야."

헤어진 창틈으로 바람은 씽씽 들어오지만 추운 줄도 모르고 이렇게 그들 내외는 생활고에 쪼들려 닥쳐오는 고통을 서로 하소연하며 장차 어찌 살꼬하는 앞잡이길에 온 정신을 잃고 깊은 명상 속에서 밤이 새도록 헤매었다.

그 이튿날 아침 일찍이 송지주는 최서방을 불러다 놓고 어젯저녁 벼에 탕감이 채 되지 못한 나머지 십 원을 들채기 시작했다. 어젯밤 밤새도록 한 잠도 자지 못한 최서방의 눈은 쑨죽처럼 풀어지고 눈 알엔 발갛게 핏줄이 거미줄처럼 서리어 있었다.

"자네 농사는 참 금년에 장하게 되었네. 농사는 그렇게 근농으로 하지 않으면 이즘 전답 얻기도 힘드는 세상일세. 참 자네 농사엔 귀신이야. 그렇기에 그래도 근 백 원 돈을 이탁데탁 청당했지. 될 말인가." 하고, 송지주는 점잖음을 빼고 최서방을 추어 하늘로 올려보내며 다시, "그런데 어제 오십이 원에서 사십이 원은 귀정이 된 모양이나 이제 나머지 십 원은 어쩔 셈인가? 조속히 그것도 해 물고 세나 쇠야지?"

최서방은 없는 돈을 갚겠다지도 또한 안 갚겠다지도 어떻게 대답을 하여야 좋을지 몰라 한참이나 주저주저하다가, "금년엔 물 수 없습니다. 그대로 지워 주십시오." 하고, 그는 낯을 들지 못했다.

"물 수 없으면 어쩐단 말이야."

"그럼 없는 돈을 어찌합니까."

"물지도 못할 걸 쓰기는 그럼 왜 그렇게 썼어, 응!"

"그 돈 꿨기에 주사님네 농사를 지어 바치지 않았습니까?"

"이놈 나를 거저 지어 바친 것 같구나. 나루 온 천하의 말버릇 같으니. 에이 이놈."

그는 기다란 댓새를 최서방의 턱 앞에 훌근 내밀었다.

"아니 그럼 아시는 바 한 말도 없는 벼를 무엇으로 돈을 장만해 내랴십니까?"

"이놈, 그럼 없다고 안 물 테야 응! 이놈아, 내가 너희들은 그래도 불쌍한 것이라고 특별히 먹여 살렸건만 에이, 이 은혜 모르는 놈, 이놈 썩 나가, 전답도 모조리 다 내놓고 이 도야지 같은 놈, 아직도 밥을 굶어 보지 못하였던 거로구나." 하고, 그는 누구를 잡아삼킬 듯이 벌건 눈을 훌근거리며 댓새로 최서방의 턱을 받쳤다.

최서방은 이렇게 여지없는 욕설을 들을 때에, 아니 턱을 댓새로 받치울때 담박 달려들어 댓새를 부러치고 대항도 하고 싶었으나 그는 약하였다.

그리고 머리끝까지 치밀어 오르는 분이 진정할 수 없이 가슴을 뛰게 하였지만 또한 그는 말을 못하였다. 나오려는 말은 입안에서 돌돌 굴다 사라지고 말 뿐이었다. 최서방이 집으로 나간 뒤 끝에 송지주는 곧 멈들을 불러 가지고 막살이로 쫓아 나와서 약간한 가장으로 십 원을 또한 탕감치려 하였다.

우선 그는 멈들을 시켜 김장을 하여 넣은 독과 부엌에 걸은 솥을 뽑아 내왔다. 이때에 최서방은 더 참을 수 없었다. 여러 해를 두고 곪기고 곪겨 오던 분을 일시에 탁 터져 나왔다. 마치 병의 물이 꿀럭꿀럭 거꾸로 솟듯이.

"이놈!"

최서방은 주먹을 부르쥐었다. 그리고 입술을 푸들푸들 떨며 송지주와 마주섰다.

"이놈이라니, 야이 이이 무지한 버릇없는 놈아……."

송지주는 어쩔 줄을 모르고 몽둥이를 찾아 사방을 살피며 덤볐다. 실상 그는 나이 오십에 이놈이라는 소리를 듣기는 이번이 처음이라, 젖먹던 뱉까지 일어나 섰을 것도 그리 무리는 아니었다.

"에이, 이 독사 같은 사람의 피를 빠는……." 하고, 최서방은 허청 기둥에 세웠던 도끼를 들어 솥과 독을 단번에 부쉈다. '찌릉땡' 하고 깨어져 사방으로 달아나는 소리는 마치 폭발이나 터지는 듯이 요란하였다.

"독을 깨깨개 깨치면 이이 십 원은."

"이놈아, 이이 내 피는."

그들의형세는 매우 험악하였다. 최서방은 앞에 들어오는 것이든 무엇이든지 모조리 때려부술 듯이 주먹과 다리는 경련적으로 와들와들 떨렸다.

이런 광경을 멀거니 보고 있던 그 아내는 세간의 전부인 독과 솥이 깨어져 없어지는 아까움보다 승리가 기쁘다는 듯이 빙그레 웃었다.

송지주는 멈들의 손에 끌리어 못 이기는 체하고 끄는 대로 끌리어 들어갔다. 멈들에게 독과 솥을 지워 가지고 들어가려 가지고 나왔던 지게는 멈들의 등에서 달랑궁달랑궁 비인 대로 쫓아 들어갔다.

겨울은 가고 봄이 왔다. 어느 일기 좋은 따뜻한 날 석양에 무순(撫順) 차표를 손에다 각각 한 장씩 쥔 최서방 내외의 그림자는 S정거장 삼등 대합실 한구석에 나타났다. 그들의 영양 부족을 말하는 수척한 얼굴은 몹시도 핼끔한 것이 마치 꿈속에서 보는 요물을 연상케 하였다. 더구나 그 아내의 등에 업힌 겨우 두 살밖에 안 되는 어린애는 추움에 시달렸음인지 한 줌도 못 되리만치 배와 등이 거의 맞붙다시피 쪼그린 데다가 바지저고리도 걸치지 못하고 알몸대로 업혀서 빼악빼악하고 울며 떠는 꼴이란 차마 볼 수 없었다.

그들은 송지주와 싸운 그 자리로 그 막살이를 떠나 끼니를 굶어가며 혹은 방앗간에서 그도 없으면 한길에서 밤새워 가며 정처 없이 일자리를 찾아 돌아다니다가 어떤 자그마한 도회지에서 최서방은 삯짐과 품팔이로 아내는 삯바느질과 삯빨래로 간신간신히 차비를 장만하였던 것이다.

그들이 그 막살이를 떠날 때의 본래의 목적은 어떻게 죽물로라도 두 내외의 배를 채울 수만 있으면 내 고국은 떠나지 않으리라 생각하였건만 그것조차 여의치 못하여 최후의 수단으로 마침내 서간도 길을 단행한 것이었다.

그의 내외는 차 시간이 차차 가까워 와 몇 분 격하지 않은 앞에 잔뼈가 굵은 이 땅, 같은 피가 넘쳐 끓는 동포가 엉킨 이 땅을 떠나 산설고 물 설은 이역의 타국에 고생할 것을 생각할 때에 실로 사무쳐 흐르는 눈물을 금할 수 없었다.

기차가 도착되자 플랫폼으로 앞서거니 뒤서거니 엉기엉기 걸어나가는 사람들 틈에는 그들 내외도 섞여 있었다. 시각이 있는 차 시간이다. 그들은 할 수 없이 차에 몸을 담았다. 호각 소리가 끝나자 차는 바퀴를 움직였다.

"아! 차는 그만 가누나! 우리는 왜 이같이 눈물을 뿌리며 조국을 떠나지 않으면 안 되노?" 하고, 그는 입속말로 중얼거리며 바람이 씽씽 들이쏘는 차창으로 머리를 내밀고 차마 고국은 못 잊어 하는 듯이 눈물에 서린 눈으로 사방을 힘없이 살펴보았다. 그리고 좀더 기차가 머물러 주었으면 하는 듯하였다.

그러나 내닫기 시작한 사정 없는 기차는 흰 연기 검은 연기 번갈아 토하며 세 생명의 쓰라리게 뿌리는 피눈물을 씻고 줄달음치기 시작했다.

미니책방, 1318 청소년문고 도서 목록

20세기 세계 문학을 대표하는 작가들의 작품들을 엄선한 「1318 청소년문고」는 문학의 고전을 살아 있는 동시대의 문학으로 청소년들이 읽을 수 있도록 구성한 시리즈이다. 청소년들이 꼭 읽어야 할 대표 작가들의 주요 작품을 고전부터 근/현대 작품에 이르기까지 유명 대표 작가들의 다양한 작품을 만날 수 있다.

1. 이효석 단편문학
대한민국 대표 단편소설 작가

2. 방정환 단편문학
대한민국 아동문학 대표 작가

3. 노천명 단편문학
사슴의 시인, 고독과 향수 소박하면서 섬세한 정감

4. 나도향 단편문학
백조파 특유의 감상적이고 환상적인 작품

5. 김동인 단편문학
현대적 문체로 풀어낸 한국 근대문학의 선구자

6. 윤동주 시집
하늘과 바람과 별과 시

7. 김소월 시집
진달래꽃, 한국 현대시인의 대명사

8. 타임머신
공상 과학소설의 고전

9. 목요일이었던 남자
거칠고, 정신없는 유쾌하고도 깊은 감동이야기

10. 투명인간
얼굴 가린 두툼한 붕대, 그는 왜 변장하고 있는 걸까?

11. 이상한 나라의 앨리스
앨리스의 이상하고 환상적 모험

12. 오페라의 유령
오페라 하우스의 5번 박스석과 지하 세계

13. 모로 박사의 섬
그렇게 희망과 고독 속에서 내 얘기를 마친다

14. 80일간의 세계 일주
80일간 세계 일주, 행복을 얻다

15. 구운몽
인생의 부귀공명은 일장춘몽이다

16. 홍길동전
우리나라 최초의 국문 소설

17. 미국 단편 동화집
일상생활에서 만나는 마법

18. 사씨남정기
조선 사회의 모순과 실상, 권선징악

19. 백범일지
독립운동가 김구가 쓴 자서전

20. 현진건 단편문학
객관적 현실 묘사, 사실주의자 작가

21. 님의 침묵
독립운동가 한용운의 서정시

22. 금오신화
한국 최초의 한문소설

23. 일본 단편 동화집
재밌고 흥미로운 이야기 소망

24. 39계단
스파이 스릴러의 모험소설

25. 무정
자유연애로 대표되는 장편소설

26. 김유정 단편문학
한국의 영원한 청년작가

27. 네덜란드 단편 동화집
탄탄한 이야기 구조를 가진 흥미로운 동화

28. 주홍색 연구
홈즈와 왓슨의 만남과 살인 사건

29. 상록수
농촌계몽운동의 대표 소설

30. 강경애 단편문학
사회의식을 강조한 여성 작가

31. 계용묵 단편문학
인간이 가지는 선량함과 순수성

32. 방정환 장편문학
흥미진진한 어린이 탐정소설

계용묵

1920년 소년지 <새소리>에 「글방이 깨어져」가 2등으로 당선되었으며, 1925년 「부처님, 검님 봄이 왔네」가 <생장>의 현상문예에 당선되었다. 1927년 <조선문단>에 소설 「최서방」이 당선된 이후, <조선지광>에 「인두지주」를, <조선문단>에 「백치아다다」를 발표하였다. 광복 직후 정비석과 함께 <조선>을 창간하였으며, 「병풍에 그린 닭이」, 「백치 아다다」, 「별을 헨다」 등과 수상집 「상아탑」을 남겼다. 그의 초기 작품경향은 현실주의적, 경향파적인 작품세계를 보이기도 했으나, 1935년 「백치 아다다」를 발표한 이후, 예술의 미적 창조 및 자율성을 강조하는 예술지상주의적 작품을 썼다.

계용묵 단편문학, 1318 청소년문고 31

발행일 . 2024년 2월 20일
지은이 . 계용묵
펴낸이 . 정석환 **펴낸곳** . 정씨책방
주소 . 경기도 파주시 경의로 1114, 406호
전화 . 070-8616-9767 **팩스** . 031-696-6933
이메일 . jungcbooks@naver.com
ISBN . 979-11-91467-31-4 (03810) **정가** . 14,800 원

'미니책방'은 정씨책방의 청소년 출판 브랜드 입니다.